古典詩歌研究彙刊

第六輯

龔鵬程 主編

第 13 冊

韓愈詩探析（下）

李 建 崑 著

國家圖書館出版品預行編目資料

韓愈詩探析（下）／李建崑 著—— 初版 —— 台北縣永和市：花
木蘭文化出版社，2008〔民 97〕
目 4+168 面；17×24 公分
（古典詩歌研究彙刊 第六輯；第 13 冊）
ISBN 978-986-6449-64-2（精裝）
1.（唐）韓愈 2. 學術思想 3. 傳記 4. 唐詩 5. 詩評
851.4417   98013876

ISBN - 978-986-6449-64-2

9 789866 449642

古典詩歌研究彙刊
第六輯　第十三冊　　　　　ISBN：978-986-6449-64-2

韓愈詩探析（下）

作　　者　李建崑
主　　編　龔鵬程
總 編 輯　杜潔祥
出　　版　花木蘭文化出版社
發 行 所　花木蘭文化出版社
發 行 人　高小娟
聯絡地址　台北縣永和市中正路五九五號七樓之三
　　　　　電話：02-2923-1455／傳真：02-2923-1452
網　　址　http://www.huamulan.tw 信箱 sut81518@ms59.hinet.net
印　　刷　普羅文化出版廣告事業
初　　版　2009 年 9 月
定　　價　第六輯 25 冊（精裝）新台幣 35,000 元
版權所有‧請勿翻印

韓愈詩探析（下）

李建崑 著

目次

第八章　韓愈詩形式之分析

壹、韓詩體式之承襲與創新

　　韓愈承李杜之後，崛起於中唐，各體詩歌，皆有特色。誠如清·方東樹《昭昧詹言》所言：「韓公詩，文體多，而造境造言，精神兀傲，氣韻沉酣，筆勢馳驟，波瀾老成，意象曠達，句字奇警，獨步千古，與元氣侔。」而其詩歌體式方面之承襲與創新，向為後世所矚目。

　　若依體式區分，今傳韓詩共計樂府三十四首，四古三首，五古一百二十三首，七古五十三首，古體詩在全集之中所佔比例最高，且往往務於奇響，言人所不能言。至於近體，五律尚有不少同門唱和之作共四十七首，七律則全集僅十四首，五排十六首，五絕二十七首，七絕七十七首，五言聯句十五首。韓愈之所以不肯多作律詩，與其才力雄厚大有關聯，蓋惟以古體足供馳驟；拘以聲律，則難展所長。

　　五、七言古詩，雖僅二字之別，意境、風格、聲律，卻大有差異。清·劉熙載《藝概·詩概》曾作比較，大體認為：「五言如《三百篇》，七言如《騷》」，「五言質，七言文；五言親，七言尊。」，「平澹天真，於五言宜；豪蕩感激，於七言宜。」，「五言尚安恬，七言尚揮霍。」，「五言無閒字易，有餘味難；七言有餘味易，無閒字難。」，「七言詩第五字要響，五言詩第三字要響」，「五言第二字與第四字，第三字與

第五字，七言第二字與第四字，第四字與第六字，第五字與第七字，平仄相同則音拗，異則音諧。講古詩聲調者，類多避諧取拗。然其蓋有天籟，不當止以能拗爲古。」（註1）劉氏之論見，實可作爲考索韓愈五、七言古體之參考。

　　自前賢論韓資料觀之，頗有強調其古體詩之成就者。清・施補華《峴傭說詩》云：「退之五古，橫空硬語，妥帖排奡，開張處過於少陵，而變化不及。中唐以後，漸近薄弱，得退之而中興。」（註2）而清・施山《望雲詩話》卷二云：「五古學李、杜、韓三家，變化自多，即或未成，刻鵠猶能類鶩。學陶、謝恐如畫虎，學漢魏，恐如優孟。」（註3）清・李重華《貞一齋詩說》云：「七言成於鮑照，而李杜才力，廓而大之，終爲正宗。厥後韓愈、蘇軾稍變之。然論七古，無逾此四家者。」（註4）清・方東樹《昭昧詹言》更謂：「七古宜從韓公入。」（註5）可見韓愈古體詩在歷史上之地位深受肯定。雖然如此，韓愈古體之作，實有許多變革，殆爲前所未有。而其今體詩，亦有嶄新開闢，優雅穩妥者。茲分古體、今體兩方面，略論其特異出眾之處。

一、韓愈對古體詩之因革

（一）五古之承創

　　五言詩之發展，至唐朝將近千載，詩格紛呈，作者輩出。即以有唐一代論之，陳子昂、張說爲先聲，王維、孟浩然爲正響。常建之渾

〔註1〕　見清・劉熙載《藝概》卷二〈詩概〉，第69～70頁，臺北：華正書局，民國74年6月。

〔註2〕　見清・施補華《峴傭說詩》，轉引自吳文治《韓愈資料彙編》第1561頁。臺北：學海出版社，民國73年4月。

〔註3〕　見清・施山《望雲詩話》卷二，轉引自吳文治《韓愈資料彙編》第1561頁，臺北：學海出版社，民國73年4月。

〔註4〕　見清・李重華《貞一齋詩說》，轉引自吳文治《韓愈資料彙編》第1150頁，臺北：學海出版社，民國73年4月。

〔註5〕　見清・方東樹《昭昧詹言》卷十四，臺北：廣文書局，民國51年8月。

然天成，李頎、王昌齡之豪邁自得，岑參之喜詠邊情，儲光羲之善言田家。李白之集建安六代之大成，杜甫之沉鬱頓挫，氣韻沉雄。韋應物、柳宗元以澄淡爲宗，錢起、李端以風標相尙，白居易之平平無奇，韓愈、孟郊之戛戛獨造，都各有畛域，自成一家。

　　韓愈在貞元、元和之間，對古詩體製既有承繼，亦有興革。所作五古、七古長篇不轉韻，蓋爲繼承漢魏者；以排偶句法創作古體及奇數句古詩，則爲杜甫之後，對古詩所作之興革。

　　按清・葉燮《原詩》卷四〈外篇〉下云：

> 五古漢魏無轉韻者，至晉以後漸多。唐時五古長篇，大多轉韻矣，惟杜甫五古，終集無轉韻者。畢竟以不轉韻爲得。韓愈亦然。〔註6〕

可知韓愈五古不轉韻，係回歸漢、魏之傳統。試看獨用一韻之詩例，例如：〈病中贈張十八〉爲江韻獨用、〈答張徹〉爲青韻獨用。〈送文暢師北游〉月韻獨用、〈薦士〉爲號韻獨用、〈赴江陵途中寄贈王十二補闕李十一拾遺李二十六原外三學士〉尤韻獨用。這些長篇，皆不傍借，一韻到底。對於一些窄韻（如：青韻）、險韻（如：江韻）則刻意展現非凡筆力，頗有因難見巧之意。

（二）七古之雄傑

　　七言古詩最難於氣象雄渾，句中有力，紆徐不失言外之意。韓愈筆力雄傑，所作七古，卓具特色。尤其終篇一韻，最爲難能。按清・錢泳《履園譚詩總論》云：

> 七古以氣格爲主，非有天姿之高妙，筆力之雄健，音節之鏗鏘，未易言也。尤須沉鬱頓挫以出之，細讀杜韓詩便見。若無天姿、筆力、音節三者，而強爲七古，是猶秦庭之舉鼎，而絕其臏矣。〔註7〕

〔註6〕　見清・葉燮《原詩》卷四〈外篇〉下，轉引自吳文治《韓愈資料彙編》第943頁，臺北：學海出版社，民國73年4月。

〔註7〕　見清・錢泳《履園譚詩總論》，轉引自吳文治《韓愈資料彙編》，第1377頁，臺北：學海出版社，民國73年4月。

清・葉燮《原詩》卷四〈外篇〉下云：

> 七古終篇一韻，唐初絕少，盛唐間有之，杜則十有二三，
> 韓則十居八九，……此七古之難，難尤在轉韻也。若終篇
> 一韻，全在筆力能舉之，藏直斂於縱橫之中，既不患錯亂，
> 又不覺平蕪，似較轉韻差異。韓之才無所不可，而爲此者，
> 避虛而走實，任力而不任巧，實啓其易也。〔註8〕

清・王鳴盛《蛾術篇》卷七十六云：

> 若七言古詩，長篇一韻到底，不轉他韻，則又必到昌黎方
> 定此格，而杜無之也。〔註9〕

由以上資料顯示韓愈七古長篇不轉韻，爲極其難能之創作體式。就〈韓昌黎集〉來看，如〈寄盧全〉止韻獨用、〈寒食日出游〉映靜勁韻通押（〈唐韻〉同用）、〈游青龍寺贈崔大補闕〉旱緩韻通押（《唐韻》同用）、〈陸渾山火〉元魂痕通押（《唐韻》同用）、〈崔立之評事〉軫準通押（《唐韻》同用）、〈石鼓歌〉歌戈通押（《唐韻》同用）、〈劉生詩〉尤侯幽通押（《唐韻》同用）皆爲明顯之詩證。

（三）古體之變化

除上述二者之外，韓愈在古詩體式方面，尚有雜入排偶句法寫成之古體詩。如〈縣齋讀書〉、〈縣齋有懷〉、〈答張徹〉、〈新竹〉四首。其中〈縣齋讀書〉八韻十六句，通首對句；〈縣齋有懷〉全詩四十韻八十句，亦通首對句；〈答張徹〉五十韻一百句，通首除首聯「辱贈不知報，我歌爾其聆」末聯「勤來得晤語，勿憚宿寒廳」爲古句之外，通首對句；〈新竹〉八韻十六句，亦爲首聯「筍添南堦竹，日日成清閟」末聯「何人可攜翫？清景空瞪視」爲古句之外，通首對句。關於四首詩之性質，前賢大多視爲「排律體」，但因皆押仄韻，而非正常之平韻，故又稱之爲「仄排律」或「側排律」，其實此種分類係錯誤之分類。〔註10〕僅可

〔註8〕 同註6。

〔註9〕 見清・王鳴盛《蛾術篇》卷七十六，轉引自吳文治《韓愈資料彙編》，
第1270頁，臺北：學海出版社，民國73年4月。

〔註10〕 柯萬成先生曾對排律與古體作成精釆之比較分析，詳見《韓愈詩

視爲雜入排偶句法之古體詩。此種詩格，在七言歌行中，亦有所見，稱爲「古詩中律句」，且被視爲轉韻之方法。清・沈德潛《說詩晬語》卷上云：

> 轉韻初無定式，或二語一轉，或四語一轉，或連轉幾韻，或一韻疊下幾語，大約前則舒徐，後則一滾而出，欲其節拍以爲亂也。此亦天機自到，人工不能勉強。〔註11〕

又云：

> 歌行轉韻者，可以雜入律句，借轉韻以運動之，軟中自有方也。一韻到底者，必須鏗金鏘石，一片宮商，稍混律句，便成弱調也。不轉韻者，李杜十之一二（原註：李如〈粉圖山水歌〉，杜如〈哀王孫〉、〈瘦馬行〉類。）韓昌黎十之八九。後歐蘇諸公，皆以韓爲宗。〔註12〕

清・王士禎《古詩平仄論》云：

> 七言自有平仄，若平韻到底者，斷不可雜以律句。若仄韻到底者，間似律句無妨。以用仄韻本非近體，若換韻者已非近體，用律句無妨也。
>
> 蘇文擢按曰：……韓〈石鼓歌〉全用五歌，惟「孔子西行不到秦」及「憶昔初蒙博士徵」兩句律句。〔註13〕

清・沈德潛《說詩晬語》卷上又云：

> 或問：「何者古詩中律句？」曰：「不漏文章世以驚，未辭翦伐誰能送？」「何者別於律句？」曰：「五岳祭秩皆三公，四方環鎮嵩當中。」〔註14〕

足見韓愈詩有此一格。質實言之：就五古而言，或可視爲韓愈詩之絕詣；就七古而言，詩中雜入律句，則未可視爲韓愈之創獲。

研究》第 374～381 頁，香港：新亞研究所碩士論文，1983 年 6 月。

〔註11〕　見蘇文擢《說詩晬語銓評》卷上，第 226 頁。

〔註12〕　同前書，第 242 頁。

〔註13〕　同上引。

〔註14〕　同註 11，第 245 頁。

（四）奇數句古詩

我國古代詩歌，大多以偶數句成篇，但在韓愈詩中，卻有十三首詩以奇數句成篇。分別爲：

〈苦寒歌〉九句

〈鳴雁〉十三句

〈河之水二首寄子姪老成〉兩首各十一句

〈利劍〉九句

〈劉生〉三十一句

〈晝月〉七句

〈八月十五夜贈張功曹〉二十九句

〈峋嶁山〉九句

〈永貞行〉三十九句

〈李花贈張十一署〉十九句

〈陸渾山火一首和皇甫湜用其韻〉五十九句

〈將歸操〉十三句

〈越裳操〉十五句

其中〈苦寒歌〉疑有脫字，故成爲奇數句詩；〈將歸操〉及〈越裳操〉爲古樂歌，字句形態本即不穩定；〈鳴雁〉爲句句入韻之柏梁臺體，在第十三句收束；〈河之水二首寄子姪老成〉、〈劉生詩〉、〈利劍〉皆爲樂府詩。漢魏樂府頗多奇數句成篇，韓愈既模擬風謠，以示古質，故以奇數句收束，亦可理解；至於〈晝月〉、〈八月十五夜贈張功曹〉、〈峋嶁山〉、〈永貞行〉、〈李花贈張十一署〉、〈陸渾山火一首和皇甫湜用其韻〉則爲純粹之奇數句詩。此種詩歌體式，杜甫亦有之。據李立信〈論杜甫奇數句詩〉之考察，杜甫全集中之奇數句詩，共十八篇合計二十七首。[註15] 杜甫之奇數句詩全係七言，或雜言或歌、行、引體，用韻一反常態，且更換促數。相較之下，韓愈之奇數句詩，亦無一首爲五言詩，除

〔註15〕 見李立信〈論杜甫奇數句詩〉，臺北：中國唐代學會《唐代文化研討會論文集》，第 521～541 頁，臺北：文史哲出版社，民國 80 年 7 月。

〈將歸操〉、〈越裳操〉爲四言之外，其餘皆爲七言詩。杜甫奇數句詩最長爲三十五句（如：〈兵車行〉），韓愈則多至五十九句（如：〈陸渾山火〉）。故知韓愈以奇數句成篇，前有所承，當非即興之舉。

二、韓愈對近體詩之創改

韓愈詩中，律詩最少，前賢常謂韓愈不善律詩。宋・劉攽《中山詩話》即云：「韓吏部古詩高卓，至律詩雖稱善，要有不工者。而好韓之人句句稱述，未可然也。」〔註16〕然則，韓愈果不能作律詩乎？是又不然。清・趙翼《甌北詩話》卷三指出：「五律之中，〈詠月〉、〈詠雪〉諸詩，極體物之工，措辭之雅；七律更無一不完善穩妥，與古詩之奇崛判若兩手，則又極隨物賦形，不拘一格之能事。」〔註17〕顯然就韓愈之近體詩而言，並非毫無是處。具體言之，如三韻律體、拗律體、（古風式之律體、一二聯排對之律體），均爲韓愈近體詩中，極有特色之詩體。

（一）三韻律體

在律詩發展過程中，有一種六句三韻之律體。至南宋嚴羽《滄浪詩話・詩體》曾加以記載。謂：

> 有律詩止三韻者。駱唐人有六句五言律，如李益詩：「漢家今上郡，秦塞古長城，有日雲常慘，無風沙自驚。當今天子聖，不戰四方平」是也。崒〔註18〕

據郭紹虞之考察，所謂三韻律詩，李益之外，儲光羲亦有類似之作。按儲光羲〈幽人居〉詩云：「幽人下山徑，去去夾清林。滑處苔濕，暗中蘿薜深。春朝煙雨散，猶帶浮雲陰。」儲光羲〈石子松〉詩云：「盤石清巖下，松生盤石中。多春無異色，朝暮有清風。五鬣何人

〔註16〕　見宋・劉攽《中山詩話》，轉引自吳文治《韓愈資料彙編》，第 130 頁，臺北：學海出版社，民國 73 年 4 月。

〔註17〕　清・趙翼《甌北詩話》卷三，轉引自吳文治《韓愈資料彙編》，第 1318 頁，臺北：學海出版社，民國 73 年 4 月。

〔註18〕　見郭紹虞《滄浪詩話校釋》，第 68 頁，河洛圖書出版社，民國 68 年 12 月。

采，西山舊兩童。」又清・趙翼《陔餘叢考》卷二十三〈六句律詩〉
亦云：

> 律詩有六句便成一首者。李太白〈送羽林陶將軍〉……此
> 爲六句律詩之首。以後惟白香山最多。〔註19〕

趙翼提及之作，指白居易〈聽談古淥水〉一首、〈小池〉二首、〈枯桑〉
一首等詩。然而韓愈全集中，亦有一首三韻律體，此即〈李員外寄紙
筆〉，詩云：

> 題是臨池後，分從起草餘。兔尖針莫并，繭淨雪難如。莫
> 怪殷勤謝，虞卿正著書。（《集釋》卷二）

此詩就內容而言，屬應酬之作，酬贈之對象爲郴州刺史李伯康。
用字簡淨而親切有味。就詩體而言，此詩爲李白、李益、儲光羲後，
白居易之前，所存在之三韻律詩，在律詩發展過程中，有其一定程度
之歷史意義。

（二）拗律體

清・宋長白《柳亭詩話》卷五云：

> 詩有拗體，所謂律中帶古也。初、盛唐時或有之，然自有
> 意到筆隨之妙。至昌黎、樊川，則先用意而後落筆，欲以
> 矯一時之弊，是亦不得已而趨蜀道也。宋人厭故喜新，覺
> 有非此不足以鳴高者。續鳧截鶴，形雖具，弗善也。〔註20〕

據宋氏之說，則所謂「拗律」，是指「律中帶古」，乃初唐時期，律詩
尚未成熟之失律現象，本非正體。（嗣後所謂拗律，則爲救律詩平仄
之窘所作之拗救）至宋，卻蔚成風氣。韓愈〈落葉一首宋陳羽〉即爲
拗律之作。詩云：

> 落葉不更息，斷蓬無復歸。飄颻終自異，邂逅暫相依。悄
> 悄深夜語，悠悠寒月輝。誰云少年別？流淚各霑衣。（《集釋》

〔註19〕　見清・趙翼《陔餘叢考》卷二十三，轉引自吳文治《韓愈資料彙編》，
　　　　　第1325頁，臺北：學海出版社，民國73年4月。
〔註20〕　見清・宋長白《柳亭詩話》卷五，轉引自吳文治《韓愈資料彙編》，
　　　　　第958頁，臺北：學海出版社，民國73年4月。

卷一）

再如：〈贈河陽李大夫〉云：

> 四海失巢穴，兩都困塵埃。感恩由未報，惆悵空一來。裘
> 破氣不暖，馬羸鳴且哀。主人情更重，空使劍峰摧。(《集釋》
> 卷一）

亦爲拗律。此外，如：〈祖席〉在律體之中運以古風；〈獨釣〉四首，
有宜平而仄之古句；〈送李員外院長分司東都〉第一、第二聯排對，
又是另一種格式。但是「文致鬆動，殊可吟誦也。」(蔣著超《詳註
韓昌黎詩集》語）這些特殊律體，與其視爲詩病，不如視作一種嶄新
之變革；因爲宋人對此種詩歌體式，有後續之發展。

三、五言長篇聯句詩體之確立

韓愈在詩歌體式方面最大之特色，當爲寫作長篇聯句詩。所謂聯
句，淵源甚早。據梁·劉勰《文心雕籠·明詩篇》云：「聯句共韻，
柏梁餘製。」可溯至西漢。蘇文擢《說詩晬語詮評》卷上〈韓孟聯句〉
條，云：

> 《古文苑》卷八曾載漢武帝元封三年作柏梁臺。詔群臣二
> 千石能爲詩者，乃得上坐。自武帝之「日月星辰和四時」
> 至東方朔「迫窘詰屈幾窮哉」，作者凡二十六人，二十六句。
> 顧炎武《日知錄》卷二十一反覆考證，已證其爲後人僞作。
> 一人一句，共韻成篇，遂開聯句體式。〔註21〕

又據蘇文擢《說詩晬語詮評》之考證：

> 自晉至南北朝之聯句，其體各異。有五言一句，人各二句
> 者，如：賈充與李夫人〈聯句〉是也（《全晉詩》卷二）。
> 有七言一句，人各二句者，如：北魏孝文帝與臣僚縣瓟方
> 丈竹堂饗侍臣〈聯句〉是也。(《全北魏詩》)。有五言一句，
> 人各八句者，如：鮑照與謝莊三〈聯句〉(《全宋詩》卷四）
> 是也。有五言一句，人各四句者，爲數最多。以《陶淵明

〔註21〕　見蘇文擢《說詩晬語詮評》卷上〈韓孟聯句〉條。臺北：文史哲出
　　　　　版社。第213～214頁，民國74年10月。

集》卷四〈與愔之循之聯句〉爲最早。其他見於諸家文集
者三十餘首。在人各四句之聯句之中，有同用一韻者，亦
有共用一韻者。〔註22〕

就韓愈以前之聯句詩來看，《陶靖節集》有聯句一篇，《謝宣城集》有
聯句一篇，《杜工部集》有聯句一篇，若謂聯句爲韓愈嶄新開闢，有
違歷史事實。例如宋・魏慶之《詩人玉屑》卷十五、宋・許顗《彥周
詩話》、明・吳訥《文章辨體序說》，均曾論及此一問題。宋・許顗《彥
周詩話》即謂：「聯句之盛，退之、東野、李正封也。」明・吳訥《文
章辨體序說》亦以爲：「聯句始著於《陶靖節集》，而盛於退之、東野。」
就唐以前之聯句來看，篇幅皆小，體式、用韻不固定，筆力亦不相稱。
能否視爲定體，猶有疑問。唐朝以後，惟顏眞卿、韓愈、白居易多聯
句之作。顏眞卿之聯句時雜詼諧，白居易之聯句以五排撰作，因此，
五言長篇聯句，必迨韓、孟互爲敵手，各極才思，始稱確立。

今傳韓孟聯句十五首全以五言詩爲之，其寫作年代、參與聯吟詩
人以及構造方式如下：

〈遠游聯句〉：作於貞元十四年，全詩共七十六句，與孟郊、李翱
　　聯吟，起首人各二句，自第九句起，人各八句、十句、十二句、
　　十六句不等。

〈會合聯句〉：作於元和元年，全詩共六十八句，與張籍、張徹、
　　孟郊聯吟，起首人各二句，以下人各四句、人各八句不等。

〈納涼聯句〉：作於元和元年，全詩共八十四句，與孟郊聯吟，起
　　首人各二句，以下孟郊各十六句，韓愈各二十二句成篇。

〈同宿聯句〉：作於元和元年，全詩三十四句，與孟郊聯吟，全篇
　　人各二句，至末尾八句，由孟郊續成。

〈雨中寄孟刑部幾道聯句〉：作於元和元年，全詩六十句，與孟郊
　　聯吟，全篇起首人各二句，以下人各十句、十二句不等。

─────────────

〔註22〕 見宋・許顗《彥周詩話》，何文煥編《歷代詩話》，第387頁，臺北：
　　　　木鐸出版社，民國71年2月。

〈秋雨聯句〉：作於元和元年，全詩七十六句，與孟郊聯吟，全篇
　　起首各二句，以下人各四句、八句、十句不等。

〈城南聯句〉：作於元和元年，全詩三百零六句，與孟郊起句、結
　　句各一，中間一人唱句，一人和句，為誇句格。

〈鬥雞聯句〉：作於元和元年，全詩五十句，與孟郊聯吟，起首人
　　各二句，以下人各四句，末尾孟郊六句續成。

〈征蜀聯句〉：作於元和元年，全詩八十八句，與孟郊聯吟，起首
　　人各四句，以下人各六句、八句、十句不等，末尾韓愈十二句
　　成篇。

〈有所思聯句〉：作於元和元年，全詩八句，與孟郊人各四句成篇。

〈遣興聯句〉：作於元和元年，全詩二十句，與孟郊人各二句成篇。

〈贈劍客李園聯句〉：作於元和元年，全詩二十句，與孟郊人各二
　　句成篇。

〈莎柵聯句〉：作於元和二年，全詩四句，與孟郊聯吟，人各二句
　　成篇。

〈石鼎聯句〉：作於元和七年，全詩六句前綴韓愈序。係由軒轅彌
　　明（疑即韓愈）、劉師服、侯喜聯吟，人各二句成篇。

〈晚秋郾城夜會聯句〉：作於元和十二年，全詩二百句，與李正封
　　聯吟，人各四句成篇。

　　對於這十五首聯句詩，前賢有讚歎亦有批評。宋・黃庭堅即謂：
「退之與孟郊意氣相入，故能雜然成篇，後人少聯句者，蓋由筆力難
相追爾。」聯句詩之寫作，重在對偶精切，辭意均敵，若出一手，韓
愈、孟郊工力相稱，確為其聯句詩成功之要素。由於對雕鏤字句深下
功夫，因能展現高度之表現力。宋・許顗《彥周詩話》曾舉〈城南聯
句〉與〈征蜀聯句〉為例：

　　　　〈城南聯句〉云：「紅皺晒簷瓦，黃團掛門衡。」是說乾棗
　　與瓜蔞，讀之猶想見西北村落間氣象。〈征蜀聯句〉云：「刑
　　神詫魑彪，陰焰颭犀札。」盡雕刻之工，而語仍壯。

宋‧周紫芝《竹坡詩話》亦云：

> 韓退之〈城南聯句〉云：「紅皺晒簷瓦，黃團掛門衡。」「黃
> 團」當是瓜蔞，「紅皺」當是棗。退之狀二物而不名，使人
> 瞑目思之，如晚秋經行，身在村落間。〔註23〕

雖然如此，韓、孟聯句字難韻險，誇多鬥靡，不乏段落不清，句意難
明者。清‧趙翼《甌北詩話》已指出：「〈鬥雞〉一首，通篇警策。〈遠
遊〉一首，不致散漫。〈征蜀〉一首，至一千餘字，已覺太冗，而段
落尚覺分明。至〈城南〉一首，則一千五六百字，自古聯句，未有如
此之冗者。」清‧沈德潛《說詩晬語》卷上云：「韓孟聯句體，可偶
一為之，連篇累牘，有傷詩品。」雖然如此，韓愈對聯句體式之確立，
有其一定程度之作用，殆為不爭之事實。

　　總結而言，韓愈挾其雄厚之才學，超凡之筆力，在詩歌體式方面，
既有因襲亦有興革。不轉韻長篇五古及七古、長篇聯句，實為罕見之
偉觀。律體雖非所長，亦在三韻小律、拗律體，有所創改。他如奇數
句成篇之古詩，乃至於涉及作法之排偶句法古詩、剛硬筆法之絕句，
皆有其創造性及歷史意義。

貳、韓愈詩格律之設計

一、古詩之平仄遞用

　　平仄為一種聲調關係。平仄遞用，構成詩歌之節奏。詩歌之美感，
詩情之奧妙，常在聲調之抑揚抗墜間顯現。因此古人常強調靜心按
節，恬吟密詠之重要；作者亦無不在平仄清濁，宮商律呂深下功夫，
務期口吻調利，穆耳協心。近體詩固應字有定聲，調有定式，韻有定
處；即使古體，亦須音節頓挫，聲調鏗鏘。清人對於詩歌聲律，曾作
系統研究。清‧王漁洋歸納前賢詩例，撰《古詩平仄論》、其後趙執

〔註23〕　見宋‧周紫芝《竹坡詩話》，何文煥編《歷代詩話》，第 342 頁，臺
　　　　　北：木鐸出版社，民國 71 年 2 月。

信撰《談龍錄》、《聲調前後譜》、翁方綱《小石帆亭著錄》、董文煥《聲調四譜說》、黃庭詩《古詩平仄集說》、《五古平仄略》，皆信古詩有聲調之規律。根據前賢之論見，古風之平仄以避免入律爲原則。所謂「入律」，即合於近體詩之平格式。如對句似律，其出句必拗，務使之不與律句相亂。據王力《中國詩律研究》，歸納出平韻五古之規律如次：

1. 第二字與第四字同聲（指平仄），否則
2. 第三字與第五字同聲；否則
3. 出句用平腳。

另一種五古正體之規律爲：

1. 第二字與第四字不同平仄；
2. 出句不用平腳。〔註24〕

此外，張夢機先生《古體詩的形式結構》，歸納王漁洋〈古詩平仄論〉等論見，提示七古之調平仄模式爲：

1. 出句第二字多用平，第五字多用仄。如第五字間有用平者，則第六字多仄。
2. 落句第五字必平，第四字必仄。第四五字平仄既合，第二字可平可仄，然不如平之諧也。
3. 出句第二字平，第五字仄，其餘四仄五仄亦諧。落句第五字平，第四字仄，上有三仄四仄，亦皆古之正式。
4. 古大家亦有別律句者，然出句終以二平五仄爲憑，落句終以三平（第五六七字）爲式。間有雜律句者，行乎不得不行，究亦小疵也。〔註25〕

然而，不論五古七古二者共同之規律爲：

無論五言或七言，以每句之下三字爲主，而腹節（五言之第三字，七言之第五字）之下字尤爲重要。平腳之句子，腹節下字以用平聲爲

〔註24〕 見王力《中國詩律研究》，第 382 頁。
〔註25〕 見張夢機《古典詩的形式結構》，第 99 頁，臺北：尚友出版社，民國 70 年 12 月。

原則；仄腳之句子腹節下字以用仄聲爲原則。〔註26〕

專就下三字論，下列四種模式爲古體詩平仄遞用之常軌：

平腳：1 平平平　2 平仄平

仄腳：1 仄平仄　3 仄仄仄

茲以「一」代表平聲，以「｜」代表仄聲，舉韓詩詩句以驗之：

屑屑水帝魂，謝謝無餘輝。(〈譴瘧鬼〉)
　　　　　　　　　一　一　一

弄閒時細轉，爭急忽驚飄。(〈春雪〉)
　　　　　　　　　一　一　一

上無枝上蜩，下無盤中蠅。(〈秋懷詩〉之四)
　　　　　　　　　一　一　一

豈無一樽酒，自酌還自吟。(〈幽懷〉)
　　　　　　　　　一　｜　一

犬雞斷四聽，糧絕誰與謀。(〈洞庭湖阻風贈張十一署〉)
　　　　　　　　　一　｜　一

士生爲名累，有似魚中鈎。(〈送劉師服〉)
　　　　　　　　　一　｜　一

人皆餘酒肉，子獨不得飽。(〈答孟郊〉)
　　　　　　　　　｜　｜　｜

瞰臨眇空闊，綠淨不可唾。(〈題合江亭寄刺史鄒君〉)
　　　　　　　　　｜　｜　｜

臨當背面時，裁詩示繾綣。(〈贈別元十八協律六首〉之一)
　　　　　　　　　｜　｜　｜

平生每多感，柔翰遇頻染。(〈陪杜侍御游湘西兩寺獨宿有題一首〉)
　　　　　　　　　｜　一　｜

規模背時利，文字覷天巧。(〈答孟郊〉)
　　　　　　　　　｜　一　｜

主人孩童舊，握手乍忻悵。(〈岳陽樓別竇司直〉)
　　　　　　　　　｜　一　｜

我念乾坤德泰大，卵此惡物常勤劬。(〈射訓狐〉)
　　　　　　　　　　一　一　一

百年未滿不得死，且可勤買拋青春。(〈感春四首〉之四)
　　　　　　　　　　一　一　一

天星牢落雞喔咿，僕夫起餐車載脂。(〈天星送楊凝郎中賀正〉)
　　　　　　　　　　一　｜　一

〔註26〕 同註24。

將軍仰笑軍吏賀，五色離披馬前墮。(〈雉帶箭〉)
　　　　　　　　　　｜－｜

關山遠別固其理，寸步難見始知命。(〈寒食日出遊夜歸〉)
　　　　　　　　　　｜－｜

春風吹園雜花開，朝日照屋百鳥語。(〈感春四首〉之一)
　　　　　　　　　　｜｜｜

又云時俗輕尋常，力行險怪取貴仕。(〈誰氏子〉)
　　　　　　　　　　｜｜｜

這些詩句之落句，腹節以下皆遵守「平平平」、「平仄平」、「仄平仄」、
「仄仄仄」之模式。因此是古句。再以〈重雲一首李觀疾贈〉一詩爲
例，說明韓愈詩平仄聲調之設計。詩云：

天行失其度，陰氣來干陽。重雲閉白日，炎燠成寒涼。
－　　　　　　｜－｜

小人但咨怨，君子惟憂傷。飲食爲減少，身體豈寧康。
－　　　　　　｜｜｜　　　　　　　　　｜｜｜

此志誠足貴，懼非職所當。蔾羹尚如此，肉食安可嘗。
｜　　　　　　｜－｜

窮冬百草死，幽桂仍芬芳。且況天地間，大運自有常。
－　　　　　－－　　　　　｜　　　　　　｜｜｜

勸君善飲食，鸞鳳本高翔。(《集釋》卷一)
－

本詩押下平聲七陽韻，除「且況天地間，大運自有常。」一聯，第二
字平側不諧，其餘每聯出句第二字與落句第二字，皆能平仄相諧。律
句如「此志誠足貴」，其對句用古句救之。因此全詩是符合五古之聲
調之古體詩。再如〈南山詩〉云：

吾聞京城南，茲維群山圍。東西兩際海，巨細難悉究。
　　－－｜｜　　　　　　　　　　｜｜｜

嘗昇崇丘望，戰戰見相湊。晴明出棱角，縷脈脆分繡。
－　　　　　　｜｜－｜　　　　　　　　　｜｜｜

蒸嵐相溉洞，表裏忽通透。無風自飄簸，融液煦柔茂。
　　　　　　　｜－｜　　　　　　　　　　｜－｜

橫雲時平凝，點點露數岫。天空浮修眉，濃綠畫新舊。
　　　　－　　　｜｜｜

孤撐有巉絕，海浴褰鵬嗉。春陽潛沮洳，濯濯吐深秀。
　　　　｜－－　　　　　　　　　　｜　｜－｜

巖巒雖巀嶪，頹弱類含酎。夏炎百木盛，陰鬱增埋覆。
－　　　　　　｜－｜｜　　　　　　　　　｜｜｜｜

－185－

神靈日歆饗，雲氣爭結構。秋霜喜刻轢，磔卓立癯瘦。
　－　　｜　－　｜｜　　　　　－　｜　｜｜

參差相疊重，剛耿陵宇宙。冬行雖幽墨，冰雪工琢鏤。
　－　　｜　－　｜｜　　　　　－　｜　｜｜

新曦照巍峨，億丈恆高袤。明昏無停態，頃刻異狀候。
　－　　｜　－　－　　　　　－　｜　｜｜｜｜

（節錄自《集釋》卷四）

此詩每韻出句落句都以平仄相諧，每兩句第二字，不獨平仄相協，且上句多爲平聲，下句多爲仄聲。正符「前有浮聲，後須切響」之理論。律句部分皆以全仄古句拗對；因此是符合五古之聲律。清・施山《望雲詩話》卷一嘗云：「唐賢五古，第二字必用平仄相對。李、杜、韓三家，尤百不一亂。蓋風格降於漢、魏，而聲調不得不加嚴矣。」揆之韓詩，所論甚確。

在七言古體方面，試看〈謁衡嶽廟遂宿嶽寺題門樓〉云：

五嶽祭秩皆三公，四方環鎮嵩當中。
　　　　｜　－　－　－　　　｜　－　－　－

火維地荒足妖怪，天假神柄專其雄。
　－　　｜

噴雲泄霧藏半腹，雖有絕頂誰能窮？
　－　　｜

我來正逢秋雨節，陰氣晦昧無清風。
　　　　｜

潛心默禱若有應，豈非正直能感通。
　－　　｜

須臾靜掃眾峰出，仰見突兀撐晴空。
　－　　｜

紫蓋連延接天柱，石廩騰擲堆祝融。
　－

森然魄動下馬拜，松柏一逕趨靈宮。
　　　　－　－

粉牆丹柱動光彩，鬼物圖畫填青紅。
　｜｜　－｜　－｜

升階傴僂薦脯酒，欲以菲薄明其衷。
　－

廟令老人識神意，睢盱偵伺能鞠躬。
　｜｜　－｜｜｜　　　｜　－　－　－

手持盃珓導我擲，云此最吉餘難同。
　　　｜　　　　｜ー　ーー

鼠逐蠻荒幸不死，衣食纔足甘長終。

侯王將相望久絕，神縱欲福難爲功。

夜投佛寺上高閣，星月掩映雲朣朧。

猿鳴鐘動不知曙，杲杲寒日生於東。（平聲一東韻）

此詩在清代研究古詩聲律諸家眼中，一向被視爲七古聲調之典範。在出句方面，大都遵守二平五仄之規律。其中僅有「紫蓋連延」、「廟令老人」、「竄逐南方」三句不合。落句方面，完全遵守四仄五平，「能感通」、「堆祝融」、「能鞠躬」，使用平仄平之模式外，其餘皆用三平落腳之聲調。〔註27〕再如〈鄭羣贈簟〉云：

蘄州簟竹天下知，鄭君所寶尤瓌奇。
ー　　｜ー　｜ー　　　｜ーー

攜來當晝不得臥，一府傳看黃琉璃。
　　　｜　｜ー｜　　　　｜ーー

體堅色淨又藏節，盡眼凝滑無瑕疵。

法曹貧賤眾所易，腰腹空大何能爲？
ー　　｜　　　　　　｜

自從五月因暑濕，如坐深甑遭蒸炊。
ー　　｜　　　　　　｜

手摩袖撫心語口，曼膚多汗眞相宜。
　　　｜　　ー　　　　｜

日暮歸來獨惆悵，有賣直欲傾家資。
｜｜ー｜　　　　　　｜

誰謂故人知我意，卷送八尺含風漪。

呼奴掃地鋪未了，光彩照耀驚童兒。
ー　　｜　　　　　　｜

青蠅側翅蚤蝱避，肅肅疑有清飆吹。

側身甘寢百疾癒，卻願天日恆炎曦。
　ー　　｜ー　　　　｜ーー

明珠青玉不足報，贈子相好無衰時。(平聲支韻)
　－　　｜　　　｜－－－

本詩在出句方面大都遵守二平五仄之規律。「手摩袖撫心語口」、「呼奴掃地鋪未了」，探二平六仄之模式；「日暮歸來獨惆悵」用二仄六平，為例外。落句全為四仄五平之三平落腳之聲調，可見聲調合古。再如〈山石〉詩云：

山石犖确行徑微，黃昏到寺蝙蝠飛。
－　｜－｜－

昇堂坐階新雨足，芭蕉葉大梔子肥。
－　｜　　　｜－｜－

僧言古壁佛畫好，以火來照所見稀。
－　｜－　　｜｜｜

鋪牀拂席置羹飯，疎糲亦足飽我飢。
－　｜　　　｜－｜－

夜深靜臥百蟲絕，清月出嶺光入扉。
　　｜｜　　｜－｜－

天明獨去無道路，出入高下窮煙霏。
－　｜　　｜－｜－

山紅澗碧紛爛漫，時見松櫪皆十圍。
－　｜－｜　　｜－｜－

當流赤足蹋澗石，水聲激激風吹衣。
－　｜　　｜－｜－

人生如此信可樂，豈必局束為人鞿。
－　｜｜｜

嗟哉吾黨二三子，安得至老不更歸。(平聲微韻)
－　　｜－　　｜｜｜－

本詩在出句方面，用二平五仄之模式有五句，用二平六仄之模式有五句；落句方面，全詩均為四仄，但是全詩落句第五字平者有七句，大多遵守第四字仄聲之規律，因此仍為聲調合古之作。

　　韓愈在古體平仄聲調方面，另有一獨特之現象，此即「押韻反平為側，移側為平」。據宋・孫奕《履齋示兒篇》卷九云：

韓吏部押韻，或反平為側，移側為平亦復多。〈江漢〉云：「華燭光爛爛(原註：音闌。)」〈此日足可惜〉云：「往往副所望。(原註：音忘。)」〈別實司直〉云：「婉變不能忘。(原註：音望。)」〈詠箏〉云：「得時方張王(原註：音帳旺。)」〈東

都遇春〉云：「渚牙相緯經（原註：音徑）」〈送劉師服〉云：
「貴者橫難售（原註：音酬）」〈食蝦蟆〉云：「余初不下喉，
近亦能稍稍（原註：所教反。）」〈讀東方朔雜詩〉云：「事在
不可赦（原註：音奢）」〈方橋〉云：「方橋如此作（原註：音
做）」〈送區宏南歸〉云：「我念前人譬葑菲。（原註：音霏）」
〈望秋作〉云：「怯膽變勇神明鑑（原註：音監。）」〔註28〕

除此之外，另有不顧詩歌平仄相諧之規律，造出孤平、孤仄之句，或
奇特之古句。清・沈德潛《說詩晬語》卷上曾論李義山七言全平、全
仄之句云：

> 七字每平仄相間，而義山〈韓碑〉一篇中，「封狼生貙貙生
> 貔。」，七字平也。「帝得聖相相曰度」，七字仄也。氣盛則
> 言之短長與聲之高下皆宜。〔註29〕

清・趙翼《陔餘叢考》卷二十三〈詩有全平仄者〉云：

> 古詩一句全用平仄者，並有一句平一句仄相連成文者，如青
> 蓮〈北上行〉，……少陵〈述懷〉之「摧頹蒼松根，地冷骨
> 未朽。」……韓昌黎之〈南山〉詩之「橫雲時平凝，點點露
> 數岫」〈瀧吏〉之「官當明時來，事不待說委」……皆一句
> 全平，一字全句。至昌黎〈南山〉詩「或散若瓦解，或赴若
> 輻輳，或錯若繪畫，或繚若篆籀。」，則並二句全仄矣。……
> 昌黎之〈贈劉生〉之「青鯨高摩波山浮」、〈送僧澄觀〉云：
> 「浮屠西來何施爲」……此又七言全平仄者。〔註30〕

前述之外，韓詩特殊之平仄古句甚多，茲舉二例以概其餘：

> 幾欲犯嚴出薦口，氣象碑兀未可攀。（〈雪後寄崔二十六丞公〉）
> ｜　｜　｜　－－　｜　｜
> 歸來殞涕揲關臥，心之紛亂誰能刪。（〈雪後寄崔二十六丞公〉）
> －－　｜　｜　｜　｜　｜　　－－－　｜－－－

〔註28〕　見宋・孫奕《履齋示兒篇》卷九，轉引自吳文治《韓愈資料彙編》，
　　　　　第451頁，臺北：學海出版社，民國73年4月。

〔註29〕　見蘇文擢《說詩晬語銓評》卷上，第246頁，臺北：文史哲出版社，
　　　　　民國74年10月。

〔註30〕　見清・趙翼《陔餘叢考》卷二十三〈詩有全平仄者〉，轉引自吳文治
　　　　　〈韓愈資料彙編〉，第1326頁。

（《集釋》卷八）

總結而言，韓愈古體詩一方面直承漢、魏古詩之傳統；另一方面，基於自身之才學與氣質，亦不肯完全模擬前人之聲律。「氣盛則言之短長與聲之高下皆宜。」一語實能說明韓愈創造特殊平仄句法之原因。

二、韓詩之用韻

中國古書甚早便知用韻。章學誠《文史通義·詩教》云：「演疇皇極，訓誥之韻者也，所以便諷誦，志不忘也。」指出韻之作用在便於記誦。朱光潛《詩論》認為：「韻的最大作用在把渙散的聲音聯貫起來，成為一個完整的曲調。」其目的在增強音樂性，加強感染力。我國自齊梁時代盛行四聲研究，文人對用韻日漸講究，至唐代孫愐修訂隋·陸法言《切韻》改為《唐韻》，成為官書，自此作詩押韻，已有官書可據。〔註31〕王力《中國詩律研究》亦云：

> 唐宋詩人用韻所根據的韻書是〈切韻〉或〈唐韻〉，凡韻書中註明『同用』的韻就可以認為同韻；到了元末，索興把同用的韻，歸併起來，稍加變通，成為一百零六個韻。這一百零六個韻就是後代所謂〈平水韻〉，也就是明、清時代普通所謂〈詩韻〉。由此看來，若說唐宋詩人用韻是依照〈平水韻〉的，雖然在歷史上說不過去，而在韻部上，卻大致不差。〔註32〕

有關韓詩之用韻，自宋·歐陽修《六一詩話》、宋·張戒《歲寒堂詩話》中稱揚韓愈「工於用韻」以來，成為古代詩論家矚目之焦點。韓愈在近體詩方面之用韻，大體根據《廣韻》所注獨用、同用之狀況；而其古體詩，則韻部體系較寬，且卓具特色。綜觀古今論韓資料顯示，韓愈之古詩，有多用古韻及追求奇險兩大特色。古韻較寬，韓愈並非不知，卻故意泛入鄰韻，實有仿古之用意；今韻較嚴，韓愈之長古卻

〔註31〕 詳見張夢機《古典詩的形式結構》，第43頁，臺北：尚友出版社，民國70年12月。

〔註32〕 見王力《中國詩律研究》，第41頁。

一韻獨用，連允許同用之韻，皆不泛入，自是刻意展現筆力之舉。以
下即舉具體詩例說明韓詩用韻之特色。

（一）用寬韻故入鄰韻

近體詩之用韻，不許通韻，此為世人所共知。古體雖較自由，亦
非可以任意出韻。韓愈在寫作古體詩時，卻時於較寬之韻部，故意泛
入鄰韻。茲以「東韻」、「陽韻」、「庚韻」為例，說明韓愈用韻之情形。

1. 東　韻

《廣韻》「東韻」獨用，「冬」、「鍾」同用。試看：〈贈徐州族姪〉
以中（東）、蓬（東）、窮（東）、充（東）、戎（東）、空（東）、悰（冬）、
宗（冬）、工（東）、通（東）、雍（鍾）為韻，顯示在韓愈詩中，「東」、
「冬」、「鍾」三韻通用。

2. 陽　韻

《廣韻》「陽韻」獨用，「陽」、「唐」同用。例如：〈此日足可惜
贈張籍〉以嘗（陽）、光（唐）、方（陽）、章（陽）、行（唐）、腸（陽）、
房（陽）、城（清）、堂（唐）、望（陽）、荒（唐）、猖（陽）、常（陽）、
亡（陽）、長（陽）、旁（唐）、江（江）、明（庚）、光（唐）、當（唐）、
煌（唐）、鳴（庚）、庭（青）、名（清）、成（清）、傷（陽）、喪（唐）、
雙（江）、床（陽）、徨（唐）、將（陽）、丁（青）、忘（陽）、聲（清）、
更（庚）、殃（陽）、城（清）、停（青）、岡（唐）、僵（陽）、觴（陽）、
狂（陽）、轟（耕）、翔（陽）、航（唐）、黃（唐）、洋（陽）、芒（唐）、
童（東）、龍（鍾）、茫（唐）、昂（唐）、鳴（庚）、疆（陽）、兄（庚）、
殤（陽）、陽（陽）、糧（陽）、涼（陽）、情（清）、經（青）、聽（青）、
更（庚）、京（庚）、江（江）、逢（鍾）、叢（東）、窮（東）、狂（陽）、
鄉（陽）為韻。此詩與東、冬、江、陽、唐、庚、耕、清、青九韻通
用，此正如歐陽修所謂「其得韻寬，則波瀾橫溢，泛入旁韻，乍還乍
離，出入回合，殆不可拘以常格」。此詩與〈元和聖德詩〉，常為前賢
徵引，作為韓愈好用古韻之詩證。

3. 庚　韻

《廣韻》「青韻」獨用，「庚」、「耕」、「清」三韻同用。試看〈月蝕詩效玉川子作〉以行（庚）、晴（清）、行（庚）、精（清）、形（青）、冥（青）、明（庚）、生（庚）、名（清）、撐（庚）、鳴（庚）、形（青），可見，在韓愈詩中，庚耕清青四韻是通用。再如〈東都遇春〉：以競（映）、映（映）、靚（勁）、病（映）、橫（映）、鏡（映）、評（映）、盛、（勁）、聽（徑）、暝（徑）、醒（徑）、馨（徑）、正（勁）、窣（勁）、性（勁）、騁（靜）、冰（映）、淨（勁）、徑（勁）、迸（諍）、併（勁）、孟（映）、聖（勁）、勁（勁）、令（勁）、敬（映）、慶（映）、命（映）、竟（映）。可見本詩「映」、「勁」、「徑」、「諍」四韻通用（去聲韻）。

此外如：〈謝自然詩〉以然、仙、山、捐、言、間、天、寒、聯、前、煙、緣、歎、先、蟬、傳、姦、旃、謾、殘、源、連、患、延、賢、遷、冤爲韻，顯示韓愈將「仙」、「元」、「先」、「寒」、「山」、「諫」韻通用，且有平去通押之現象。再如〈月蝕詩效玉川子作〉以呀、家、河、沙、呀、蟆、毟、加、牙、遮、羅、科、譁、瑕、皤、娑、家爲韻。再如〈讀東方朔雜詩〉以家、沱、訶、車、呀、沙、蹉、何、蛇、桠、科、敕、譁、嗟、珂、誇、衙、霞爲韻。顯現出韓愈將「麻」、「歌」、「戈」韻通用。這些例證，都能說明韓愈用寬韻，故泛入鄰韻之特色。其用意，在模仿古人之用韻。

（二）堅守一韻獨用之例

韓愈有時獨用一韻，即使韻書中標明可以同用之韻，亦不泛入。如：〈送文暢師北游〉使用入聲「月韻」。而「月韻」中，喝、樾、維、噦、狘，都是今韻所無，僅見於《廣韻》。全不傍借它韻，正是因難見巧之意。再如：

〈縣齋有懷〉：以吒、稼、謝、霸、駕、價、射、霸、詐、下、罵、灞、暇、骼、跨、射、禽、假、華、夜、婭、靶、架、褯、赦、罅、夏、借、怕、乍、訝、藉、化、柘、榭、舍、嚇、迓、姹、

嫁爲韻，是去聲「禡韻」獨用。

〈譴瘧鬼〉：以輝、威、譏、非、機、圍、飛、飛、巍、徽、稀、歸、妃、畿、旂、菲、違爲韻，是平聲五「微韻」獨用。

〈謁衡嶽廟遂宿嶽寺題門樓〉：以公、中、窮、通、融、紅、躬、終、朧、雄、風、空、宮、衷、同、功、東爲韻，是平聲「東韻」獨用。

〈送鄭十校理〉：以洛、閣、薄、泊、廓，爲韻，是入聲「鐸韻」獨用。

〈送石處士赴河陽幕〉：以士、子、耳、恃、恥、起爲韻，是上聲「止韻」獨用。

〈新竹〉：以閟、翠、四、媚、地、次、淚、視爲韻，是去聲「至韻」獨用。

〈寄盧仝〉：以矣、齒、子、紀、恥、祀、耳、士、里、起、使、己、使、已、始、已、駬、耔、耙、仕、恃、阯、擬、似、趾、止、以、侍、市、喜、理、涘、史、李、鯉爲韻，是上聲「止韻」獨用。

〈誰氏子〉：以子、士、止、市、史、仕、矣、俟、始、耳、似爲韻，是上聲「止韻」獨用。

〈寄崔二十六立之〉：以奇、隨、披、羆、爲、窺、攲、疵、髭、岐、差、斯、吹、貲、斯、兒、雌、知、陲、皮、縻、撝、奇、施、炊、離、羈、糜、卑、巇、池、迤、螭、披、摛、疵、衰、脾、匙、移、彌、曦、箎、驪、縭、規、麾、卮、羸、儺、騎、纗、隳、犧、馳、胔、儀、裨、宜、罷、睢、貲、衹、籬、漸、陂、垂、羈、箠、提、倕、斯、灑、施、陴、猗、罹、虧、萎、艫、支爲韻，是「支韻」獨用。

〈符讀書城南〉：以興、書、虛、初、閭、如、魚、疎、渠、猪、蜍、蛆、居、歟、儲、餘、且、鋤、驢、畬、除、裾、譽、廬、舒、諸、躇爲韻，是平聲「魚韻」獨用。

〈華山女〉：以經、廷、萍、星、靈、青、扃、霆、軒、聽、熒、
形、冥、停、屏、寧爲韻，是上平聲「眞韻」獨用。

〈南內朝賀歸呈同官〉：以泥、淒、蹄、齎、齊、犀、妻、畦、西、
倪、稊、撕、鷖、藜、醯、圭、梯、迷爲韻，是平聲「齊韻」
獨用。

（三）用窄韻、險韻絕不傍借

1. 險韻例

〈病中贈張十八〉，以窗、逢、邦、撞、扛、雙、摐、江、幢、杠、
缸、釭、尨、降、肛、哤、龐、腔、瀧、岘、樁、淙爲韻，「江
韻」獨用。

〈答柳柳州食蝦蟆〉：以貌、校、跑、淖、鬧、教、覺、爆、校、
效、橈、罩、稍、樂、豹、孝、櫂爲韻，是去聲「效韻」獨用。

〈酬司門盧四兄雲夫院長望秋作〉：以函、巉、衫、銜、緘、芟、
巖、鹹、諵、讒、劖、鑑、饞、誠、攙韻。《廣韻》「咸」獨用，
〈唐韻〉「咸」、「銜」、「凡」同用，而本詩以平聲「咸韻」獨
用。

2. 窄韻例

〈苦寒〉：以兼、廉、謙、尖、甜、砭、蟾、覘、炎、沾、鐮、拈、
箝、籤、添、縑、潛、髯、殲、纖、淹、燖、占、嫌、苦、恬、
漸、瞻、鹽、憸、簾、簷、黏、蒹、襜、厭爲韻。《廣韻》「鹽」
獨用，〈唐韻〉「鹽」、「添」、「嚴」同用。而本詩以平聲「鹽韻」
獨用到底。

〈醉贈張祕書〉：以聞、君、文、雲、芬、群、分、軍、醺、氳、
云、紛、葷、裙、蚊、薰、墳、耘、勛、曛爲韻。《廣韻》文
獨用，〈唐韻〉「文「、「欣」同用。而本詩以平聲「文韻」獨
用到底。

〈答張徹〉：聆、形、齡、停、萍、經、霆、欞、丁、瓴、寧、靈、

洴、腥、汀、冥、溟、扃、伶、駉、舲、亭、螢、醒、翎、熒、
陘、星、刑、青、俜、銘、涇、莛、庭、囧、靈、螟、鈴、聽、
玲、屏、馨、零、蓂、蛉、絣、鴿、硎、廷、廳爲韻，全詩五
十韻，以「青韻」獨用。

　　此種用運方法，雖展現過人之筆力，但是，難免顯露斧鑿痕。清‧
趙執信認爲此舉，「大開宋人法門。」翁方綱《石洲詩話》卷三卻認
爲：「一篇之中，步步押險，此惟韓公雄中出勁，所以不露韻痕。然
視自然渾成不知有韻者，已有間矣。」〔註33〕

（四）重複押韻

　　韓愈用韻之另一特色爲不避重複押韻。宋‧邵博《邵氏聞見後錄》
卷十八曰：

> 韓退之〈李花〉詩「冰盤夏薦碧實脆，斥去不御慚其花」，
> 又「誰將平地萬堆雪，剪刻作此連天花」，用兩「花」字韻。
> 〈雙鳥〉詩「兩鳥各閉口，萬象銜口頭」，又「百舌舊饒聲，
> 從此常低頭」，用兩「頭」字韻。〈示爽〉詩「冬豈不夜長，
> 達旦燈燭然」，又「此來南北近，里閭故依然」，用兩「然」
> 字韻。〈猛虎行〉「猛虎死不辭，但慚前所爲」，又「親故且
> 不保，人誰信汝爲」，用兩「爲」字韻。〔註34〕

又宋‧蔡夢弼《草堂詩話》卷二及宋‧魏慶之《詩人玉屑》卷七亦有
相似意見。《詩人玉屑》引《孔毅夫雜記》指責「韓愈好押狹韻累句
以示工，而不知重疊用韻之爲病也。」歷來都認爲韓愈這類用韻方式
學自杜甫〈飲中八仙歌〉。其實《昭明文選》所收〈古詩〉、曹子建〈美
女篇〉、謝靈運〈述祖德詩〉、〈南圃〉、〈初去郡〉，陸機〈擬古詩〉、
阮籍〈詠懷詩〉、江淹〈雜體詩〉、王粲〈從軍詩〉，都有重疊用韻之
現象，例證甚多，履見不鮮。因此蔡夢弼以爲「杜子美、韓退之蓋亦

〔註33〕　見郭紹虞編《清詩話續編》，第 1406 頁，臺北：木鐸出版社，民國
　　　　　72 年 12 月。
〔註34〕　見宋‧邵博〈邵氏聞見後錄〉，卷十八，轉引自吳文治《韓愈資料彙
　　　　　編》，第 210 頁，臺北：學海出版社。

傚古人之作。」魏慶之又另舉出韓愈〈贈張籍〉、〈岳陽樓別竇司直〉、〈盧郎中雲夫寄示盤谷子詩兩章歌以和之〉、〈此日足可惜〉等作亦重疊用韻。

（五）以虛字押韻

除重複用韻之外，韓愈甚至以虛詞入韻。如：〈李花贈張十一署〉云：「祇今四十已如此，後日更老誰論哉？」、〈感春四首〉云：「三杯取醉不復論，一生長恨奈何許？」、〈誰氏子〉云：「神仙雖然有傳說，知者盡知其妄矣。」、〈寒食日出游夜歸張十一院長見示病中憶花九篇因此投贈〉云：「桐華最晚今已繇，君不強起時難更。」（《集釋》卷四）方世舉注：「按『君不強起時難更』及『拘官計日月，欲進不可又』，以虛字押韻，皆爲奇崛，要亦本於：〈詩經〉：『天命不又』、『矧敢多又』，非創也。」〔註35〕由此看來，韓愈爲追求詩境之創新，不惜使用種種用韻之技巧，終能開出奇崛之詩境。

（六）韓詩合韻譜

中唐時期爲詩人用韻變化最大之時期，據耿志堅先生〈唐代貞元前後詩人用韻考〉之考證，「貞元以後之詩人，如權德輿、韓愈、歐陽詹、柳宗元、劉禹錫、孟郊、張籍在近體詩用韻方面，已超過大曆詩人之範圍。」〔註36〕韓愈爲當時所創之用韻模式，頗能反映中唐時期實際之聲韻狀態，可驗證韻書之記錄。以下之合韻譜，係參照耿志堅之大文編製而成，從中可以考見韓愈作詩用韻範圍及其韻部分合之情形。

東韻：（舉平以賅上、去、入）

東多鍾合韻，〈贈徐州族姪〉：中、蓬、窮、充、戎、空、惊、宗、工、通、雍

〔註35〕　見宋・魏慶之〈詩人玉屑〉，臺北：商務印書館，人人文庫本，第133頁，1983年9月。

〔註36〕　見耿志堅〈唐代貞元前後詩人用韻考〉，《復興崗學報》四十二期，第293～339頁，民國78年12月。

　　　　燭沃合韻，〈送諸葛覺往隨州讀書〉：軸、觸、讀、腹、六、
　　　　宿、足、錄、目、欲、鵠、幅

鍾韻：燭屋合韻，〈贈唐衢〉：角、觸、谷。〈記夢〉：足、腹

江韻：江唐谿堂詩〉：邦、堂

　　　　覺藥合韻，〈汴泗交流贈張僕射〉：覺、削

支韻：支微合韻，〈海水〉：枝、依

脂韻：至志未合韻，〈秋懷詩〉十一首之二：悴、地、恣、異、
　　　　貴

之韻：止尾旨合韻，〈李花贈張十一署〉：尾、李、比、涘、似、
　　　　起

微韻：微脂支合韻，〈招揚之罘〉：歸、悲、爲
　　　　微支合韻，〈別鵠操〉：歸、離、爲、飛

魚韻：語麌合韻，〈桃源圖〉：所、語、主
　　　　御遇合韻，〈河之水二首〉之二〈寄子姪老成〉：去、注

虞韻：虞魚模合韻，〈別趙子〉：居、餘、娛、書、珠、俱、歔、
　　　　如、無、渝、鬚、狙、殊、除、圖、區、愚
　　　　虞魚合韻，〈馬厭穀〉：虞、如、夫
　　　　豬語合韻，〈永貞行〉：主、祖、羽

齊韻：齊微合韻，〈雉朝飛操〉：西、飛、雞、妃

灰韻：隊泰合韻，〈感春三首〉之二：退、內、嗣、外
　　　　隊卦代合韻，〈朝歸〉：佩、對、背、退、瞶、曬、慨

眞韻：眞文元合韻，〈雜詩〉：分、翻、親、驎
　　　　眞魂諄文合韻，〈孟東野失子〉：門、人、均、人、辰、因、
　　　　分

文韻：文眞諄合韻，〈謝自然詩〉：文、倫、耘、親、身、群、紳
　　　　文諄合韻，〈瀧吏〉：文、倫
　　　　物質合韻，〈山南鄭相公樊員外酬答爲詩其未咸有見及語
　　　　樊封以示愈〉：屈、物、倔、坺、拂、欻、蔚、黻、佛、

鬱、慄、掘、颭、屈

欣韻：欣眞合韻，〈越裳操〉：勤、人

元韻：元痕山合韻，〈記夢〉：言、根、翻、間

阮願獮合韻（上去通押），〈別元十八協律六首之一〉：眼、遠、飯、憲、畹、晚、謇、輓、娩、樰、跣、偃、綣

元仙桓山寒刪先合韻，〈剝啄行〉：然、言、源、莞、間、完、干、難、蕃、全、官、瀾、關、艱、年

月屑合韻，〈梨花下贈劉師命〉：節、發、月

魂韻：沒末月合韻，〈贈別元十八協律六首〉：林、捽、髮、發、沒、忽、骨

魂眞合韻，〈剝啄行〉：門、嗔

寒韻：寒元桓合韻，〈記夢〉：言、難、丹、盤、歡

寒先合韻，〈讀皇甫湜公安園池詩書其後二首〉之一：安、年

翰願合韻，〈郾州谿堂詩〉：歎、願

桓韻：桓山寒元合韻，〈感春三首〉之一：間、漫、乾、翻、端、

刪韻：刪山寒翰魂元合韻，〈江漢一首答孟郊〉：艱、還、寒、爛、蠻、敦、緩

山韻：山桓刪合韻，〈讀皇甫湜公安園池詩書其後二首〉之一：間、閑、觀、完、顏、閑

山先仙合韻，〈河之水〉二首（之二）寄子姪老成：山、淵、還

先韻：先元痕寒桓合韻，〈秋懷詩十一首〉之八：軒、奔、言、前、餐、編、千、酸、眠、年

先山仙桓合韻，〈雜詩〉：前、間、纏、歡、顚、圓、端、午、巔

仙韻：仙元先寒山諫合韻（平去通押），〈謝自然詩〉：然、仙、山、捐、言、間、天、寒、聯、前、煙、緣、歎、先、蟬、

傳、姦、胹、謾、殘、源、連、患、延、賢、遷、冤

仙山先合韻，〈庭楸〉：間、連、聯、偏、邊、間、穿、旋、
聯、煙、牽、前、千、間、憐

仙先仙合韻，〈郾州谿堂詩〉：壖、年、間

仙先山寒合韻，〈孟東野失子〉：天、偏、延、間、泉、安

麻韻：麻歌合韻，〈雉帶箭〉：多、加、斜〈晚菊〉：花、嗟、家、
何

麻歌戈合韻，〈月蝕詩效玉川子作〉：呀、家、河、沙、呀、
蟆、毫、加、牙、遮、羅、科、譁、瑕、嶓、娑、家

〈讀東方朔雜詩〉：家、沱、訶、車、呀、沙、蹉、何、
蛇、桫、科、赦、譁、嗟、珂、誇、衙、霞、

庚韻：庚清青合韻，〈月蝕詩效玉川子作〉：行、晴、行、精、形、
冥、明、盲、生、名、撐、鳴、刑，〈拘幽操〉：盲、聲、
星、生、明

映勁徑諍合韻，〈東都遇春〉：計、競、映、靚、病、橫、
鏡、評、盛、聽、暝、醒、馨、正、窄、性、騁、冰、淨、
經、迸、併、孟、聖、勁、令、敬、慶、命、竟

陌昔錫麥合韻，〈感春三首〉之三：白、尺、劇、笛、戟、
席、隔、益

清韻：昔陌麥錫合韻，〈路旁堠〉：隻、澤、隔、敵、釋、歷

昔錫合韻，〈南溪始泛〉三首之三：蹟、擲、石、激、刺、
尺、壁、役

昔錫陌麥合韻，〈和裴僕射相公假山十一韻〉：夕、歷、石、
帛、坼、劃、戚、宅、激、摭、昔

青韻：青清合韻，〈郾州谿堂詩〉：螟、城

徑映合韻，〈汴泗交流贈張僕射〉：定、映

侵韻：侵覃合韻，〈孟生詩〉：心、今、音、琴、沈、尋、森、任、
襟、簪、參、侵、嶔、林、陰、禽、臨、吟、南、金、欽、

歆、岑、深、箴、淫、砧

鹽韻：琰儼忝鹻合韻，〈陪杜侍御遊湘西兩寺獨宿〉：險、漸、琰、

儼、广、斂、檢、簟、芡、忝、掩、點、颭、桥、貶、陷、

臉、玷、險、儉、剡、歉、苒、染、睒

豔桥梵陷合韻，〈喜侯喜至贈張籍張徹〉：念、噞、染、砭、

厭、劍、閃、墊、驗、店、歉、豔、礂、塹、燄、占、瞻、

僭

總結而言，韓愈詩之用韻，既有規撫古人之處，亦有獨特之創造。由於韓愈曾經刻意仿效先秦、兩漢作品之用韻，少數詩作，韻部極寬。但大多數詩作，仍遵循當時之語音規律。惟〈別元十八協律六首之一〉（上去通押）、〈謝自然詩〉（平去通押）、〈送僧澄觀〉（平上去入通押）、〈贈劉師服〉（平上去入通押）在用韻方面，極富特色。

三、韓詩之句式安排

我國古代詩歌，以五七言爲主，其句式安排有其常則，即：五言以上二下三爲主，七言以上四下三爲主。韓愈大多數詩歌，皆能遵循此種規範。然而亦在一些詩作中，刻意加以更改，宋・張耒《明道雜誌》即指出：

> 韓退之窮文之變，每不循常軌。古今人作七言詩，其句脈多上四字，而下三字以成之。如「老人清晨梳白頭」，「先帝天馬玉花驄」之類。而退之乃變句脈，以上三下四，如「落以斧引以纆徽」，「雖欲悔舌不可捫」之類是也⋯⋯．退之以高文大筆，從來便忽略小巧，故律詩多不工，如陳商小詩，敍情賦景，直是至到，而已脫詩人常格矣。〔註37〕

張耒所舉爲〈送區弘南歸〉、〈陸渾山火一首和皇甫湜用其韻〉二詩之句例。此後續有明・胡震亨《唐音癸籤》、清・趙翼《甌北詩話》加以徵引。如胡震亨《唐音癸籤》云：「有變五字句上三下二者，如元

〔註37〕見宋・張耒《明道雜誌》，轉引自吳文治《韓愈資料彙編》，第 177 頁，臺北：學海出版社。

微之『庾公樓悵望，巴子國生涯。』孟郊『藏千尋布水，出十八高僧。』
之類。變七字句上三下四者，如韓退之『落以斧引以繘徽』，『雖欲悔
舌不可捫』之類。皆蹇吃不足多學。」〔註38〕清·趙翼《甌北詩話》
卷三云：

> 昌黎不但創格，又創句法。〈路旁堠〉云：『千以高山遮，
> 萬以遠水隔。』此創句之佳者。凡七言多上四字相連，而
> 下三字足之。乃〈送區宏〉云：『落以斧引以繘徽』又云：
> 『子去矣時若發機』〈陸渾山火〉云：『溺厥邑囚之崑崙』
> 則上三字相連，而下四字以足之。自亦其闢，然終不可讀。
> 故集中只此數句，以後亦莫有人仿之。〔註39〕

雖然前賢對韓愈變更句式之舉持負面之評價，然而卻頗能凸顯韓愈刻
意求變之苦心。清·郎廷槐《師友詩傳錄》嘗云：

> 詩須篇中鍊句，句中鍊字，此所謂句法也。以氣韻清高深渺
> 者絕，以格力雅健雄豪者勝。故寧律不協而不使句弱；寧用
> 字不工，而不使句俗。七言第五字要響，所謂響者，致力處
> 也。字字當活，活則字字皆響，有何分平仄哉？〔註40〕

吾人若深入研究韓詩特異之句式，當不難了悟韓愈之心態正與郎氏所
言：「寧律不協而不使句弱；寧用字不工，而不使句俗。」若合符節。
茲將韓愈詩中句式之變化，簡述如次：

（一）五言詩方面

「上四下一句式」如：

繁華榮慕絕，父母慈愛捐。（〈謝自然詩〉）

「上一下四句式」如：

寒衣及飢食，在紡織耕耘。（〈謝自然詩〉）

〔註38〕　見明·胡震亨《唐音癸籤》，轉引自朱任生編《詩論分類纂要》，第
　　　　　262頁，臺灣商務印書館，民國60年8月。
〔註39〕　見清·趙翼《甌北詩話》卷三，轉引自郭紹虞編《清詩話續編》，第
　　　　　1168頁，木鐸出版社，民國72年12月。
〔註40〕　見清·郎廷槐《師友詩傳錄》，轉引自朱任生《詩論分類纂要》，第
　　　　　263頁，臺灣商務印書館，民國60年8月。

木之就規矩，在梓匠輪輿。(〈符讀書城南〉)

三十骨骼成，乃一龍一豬。(〈符讀書城南〉)

問之何因爾，學與不學歟。(〈符讀書城南〉)

鱟實如惠文，骨眼相負行。(〈初南食貽元十八協律〉)

蠔相黏爲山，百十各自生。(〈初南食貽元十八協律〉)

蛤即是蝦蟇，同實浪異名。(〈初南食貽元十八協律〉)

夫豈能必然，固已謝黯黮。(〈送無本師歸范陽〉)

曰吾兒可憎，奈此狡獪何？(〈讀東方朔雜事〉)

或連若相從，或蹙若相鬥。(〈南山詩〉)

或妥若弭伏，或竦若驚雊。(〈南山詩〉)

或散若瓦解，或赴若輻輳。(〈南山詩〉)

牛不見服箱，斗不挹酒漿。(〈三星行〉)

箕獨有神靈，無時停簸揚。(〈三星行〉)

問客之所爲，峩冠講唐虞。(〈示兒〉)

「上三下二句式」如：

苟異於此道，皆爲棄其身。(〈謝自然詩〉)

知音者誠希，念子不能別。(〈知音者誠希〉)

淮之水舒舒，楚山直直叢。(〈此日足可惜一首贈張籍〉)

訏謨者誰子？無乃失所宜。(〈歸彭城〉)

有窮者孟郊，受材實雄驁。(〈薦士〉)

此種句式，雖構成韓詩獨特之表現效果，終究意味淡薄，不類詩句。前賢謂韓愈以文爲詩，當與使用此種散文句式大有關連。

（二）七言詩方面

「上三下四式」，此即元・韋居安《梅磵詩話》卷上所云之「折腰句」。如：

我念前人譬葑菲，落以斧引以縲徽。(〈送區弘南歸〉)(《集釋》576頁)

嗟我道不能自肥，子雖勤苦終何希？(〈送區弘南歸〉)(《集釋》576頁)

助女五龍從九鯤，溺厥邑囚之崑崙。(〈陸渾山火一首和皇甫湜

　　用其韻〉）

　　要余和增怪又煩，雖欲悔舌不可捫。（〈陸渾山火一首和皇甫湜

　　用其韻〉）

「上二下五式」如：

　　奈何君獨抱奇材，手把鉏犁餓空谷。（〈贈唐衢〉）

　　早知皆是自拘囚，不學因循到白頭。（〈和歸工部送僧約〉）

按清・劉熙載《藝概・詩概》云：「昌黎詩，往往以醜爲美，然此但宜施之古體，若用之近體，則不受矣。是以言各有當。」〔註41〕其說甚確。

　　綜觀韓詩在形式上之表現，不難獲悉韓愈一方面繼承漢、魏古詩之傳統；另一方面企圖挾其雄厚之才學，超凡之筆力，對詩歌體式、平仄、用韻，進行改造。在體式方面如：不轉韻長篇五古及七古、長篇聯句，實爲罕見之偉觀。律體雖非所長，亦在三韻小律、拗律體，有所承創。他如奇數句成篇之古詩，乃至於涉及作法之排偶句法古詩、剛硬筆法之絕句，皆有其創造性及歷史意義。韓愈詩由於曾經刻意仿效先秦、兩漢作品之用韻，少數詩作，韻部極寬。但大多數詩作，仍遵循當時之語音規律。其拗體、仄韻之作，成爲宋人倣效之對象。其句式之襲用散句，至宋代亦有後續之發展。清・趙翼《甌北詩話》卷三嘗謂：「自沈、宋創爲律詩後，詩格已無不備。至昌黎又嶄新開闢，務爲前人所未有。」揆諸韓集，洵非虛言。

〔註41〕　見清・劉熙載《藝概》卷二〈詩概〉，第63頁，臺北：華正書局，
　　　　民國74年6月。

第九章　韓愈詩之創作技法

壹、韓愈詩之聯章結構

　　黃山谷嘗謂「文章須謹爲布置」，詩歌何獨不然？據明・李夢陽〈答周子書〉云：「文必有法式，然後中諧音度，如方圓之於規矩也。古人用之，非自作之，實天生之也。今人法式古人，非法式古人也，實物之自則也。」〔註1〕此謂詩文之法式，爲客觀事物之自然法則。但是，作品之法式，雖得於自然，亦必與詩人之經驗與情思息息相關，故楊愼亦有「託物起興，仗境生法」（《升庵詩話》卷三）之論。據宋・嚴羽《滄浪詩話・詩辨》將詩法分爲：「體製」、「格力、」「氣象」、「興趣」、「音節」五大項，可見「體製」爲詩法之要目。有關體製之結構技法，古人謂之「篇法」或「章法」。明・王世貞《藝苑巵言》卷一嘗提示大要謂：「篇法有起有束，有放有歛，有喚有應，大抵一開則一闔，一揚則一抑，一象則一意，無偏用者。」〔註2〕清・方東樹《昭昧詹言》卷十四亦以爲：「章法則須一氣呵成，開合動蕩，首尾一線貫注。」〔註3〕字句章

〔註1〕　見明・李夢陽《空同先生集》卷六十一，轉引自葉慶炳・邵紅《明代文學批評資料彙編》，第 295 頁，臺北：成文出版社，民國 68 年 9 月。

〔註2〕　見清・丁福保《歷代詩話續編》，又見賈文昭主編《中國古代文論類編》上冊，第 607 頁，福建：海峽文藝出版社，1990 年 12 月。

〔註3〕　見方東樹《昭昧詹言》，臺北：廣文書局，民國 51 年 8 月。

法，雖屬詩文之淺顯者，然而，作品之體勢、神韻卻賴之而見。韓愈平生爲文，力去陳言；其詩務求新意，奇偉變化。以下即就韓詩之篇章結構試爲論析。

《韓昌黎集》中，有二十七首聯章之作。分別爲：〈岐山下〉二首、〈青青水中蒲〉三首、〈河之水二首贈子姪老成〉、〈郴口又贈二首〉、〈題木居士二首〉、〈感春四首〉、〈感春五首〉、〈感春三首〉、〈題張十一旅舍三詠〉、〈秋懷詩十一首〉、〈嘲鼾睡二首〉、〈祖席〉、〈李花二首〉、〈奉和虢州劉給事使君三堂新題二十一詠〉、〈盆池五首〉、〈游城南十六首〉、〈大行皇太后挽歌詞三首〉、〈梁國惠康公主挽歌詞二首〉、〈閒游二首〉、〈讀皇甫湜公安園池詩書其後二首〉、〈獨釣四首〉、〈晚次宣溪辱韶州張端公使君惠書敍別酬以絕句二章〉、〈贈別元十八協律〉、〈宿曾江口示姪孫湘二首〉、〈琴操十首〉、〈早春呈水部張十八員外二首〉、〈南溪始泛三首〉。誠如清・沈德潛《說詩晬語》所云：

> 一首有一首章法，一題數首，又合數首爲章法。有起，有結，有倫序，有照應；若闕一不得，增一不得，乃見體裁。陳思〈贈白馬王彪〉、謝家兄弟酬答、子美〈游何將軍園〉之類是也。又有隨所興觸，一章一意，分觀錯雜，總述累累。射洪〈感遇〉、太白〈古風〉、子美〈秦州雜詩〉之類是也。後人一題至十數章，甚或二三十章。然意旨辭彩，彼此互犯，雖構多篇，索其指歸，一章可盡，不如割愛之爲愈已。〔註4〕

茲以〈感春四首〉、〈題張十一旅舍三詠〉、〈秋懷詩十一首〉爲例，論述韓愈聯章詩型之章法：

1. 〈感春四首〉

此爲元和元年春韓愈掾江陵時作。首章（「我所思兮在何所」）八句，次章（「皇天平分成四時」）二十句，皆爲七言古詩。三章（「朝騎一馬出」）八句，易爲五言古詩。四章（「我恨不如江頭人」）十六

〔註4〕 見清・沈德潛《說詩晬語》卷下，在蘇文擢《說詩晬語詮評》第491頁，臺北：文史哲出版社，民國74年10月。

句，又改爲七言古詩。首章體式仿自張衡〈四愁詩〉，比興無端，由「一生長恨奈何許」，可知其著眼在「恨」字。次章直用《楚辭》語，看似著力於「酒」字，實爲尋求人生寄託，企盼文章傳世。三章通首與春無涉，適爲前首之注腳。蓋服官十年，仍是「朝騎一馬出，暝就一床眠」之微賤生活，詩書、節行，夫復何用？由髮禿、齒墮，深知早已辜負平生志向。四章通首鬱憤至極，仍在申述「一生長恨」。其「今者無端讀書史，智慧只足勞精神」、「百年未滿不得死，且可勤買拋青春」等其自棄自悔之措辭，較前三章更爲激烈。清・陳沆《詩比興箋》云：〈秋懷〉詩當知所懷爲何，〈感春〉詩當知所感何感。第三章云：『詩書漸欲拋，節行久已惰。』，『孤負平生心，已矣知何奈。』，則知前後三章所感，即文集〈五箴〉所謂：『聰明不及於前時，聞道日負於初心。』者也。……『幸逢堯舜明四目，條理品彙皆得宜』，此進不得有爲於時也。『今者無端讀書史，智慧只足勞精神』，此退不能自進於道也。（《集釋》引）

2. 〈秋懷詩十一首〉

此爲韓愈五古之力作。時年三十九歲，自江陵召還爲國子博士。由於既經貶官，幸得復職，因此，詩中之思想、情感，較爲成熟穩健。樊汝霖云：「〈秋懷詩十一首〉，《文選》詩體也。」所謂選體，係與唐代近體相對，指《文選》所收之五言古詩。樊氏此語，若指〈秋懷詩十一首〉皆源自《文選》固然不確，此劉辰翁、姚範、夏敬觀辨之已明。若指詩體之古雅，筆勢之恣縱，則誠爲確言。觀〈秋懷詩十一首〉之神理，頗有隱括宋玉〈九辯〉、阮籍〈詠懷〉之處，其內涵之醇厚又似謝靈運。但是〈秋懷詩〉造語之奇警，詩法之變化，則又迥異於前人。是知韓愈之〈秋懷〉，雖有取於古人，卻獨具本色。就其用意觀之，似莊似諷，寄意多端。有愁憂意（〈窗前兩好樹〉章）、憤怨意（〈白露下百草〉章）、悵望意（〈秋氣日惻惻〉章）、今是而昨非意（〈離離掛空悲〉章）、自傷自反意（〈今日不成起〉章）、兀傲自得意（〈卷卷落地葉〉章）、憂國意（〈霜風侵梧桐〉章）、斂退自策勵意（〈暮暗

來客去〉章）、悲惋自足意（〈鮮鮮霜中菊〉章）。清・錢謙益〈秋懷唱和詩序〉云：「夫悲憂窮蹇，蛩吟而蟲弔者，今人之秋懷詩也。悠悠疊疊，畏天而悲人者，退之之秋懷也。」清・陳沆《詩比興箋》云：「〈秋懷〉始於憂世，終於憂學，所異於秋士之悲者在此。」都說明韓愈〈秋懷詩〉寄意之深曲。就其章法觀之，奇變多端。如：〈白露下百草〉章以「適時各得所，松柏不必貴」翻案見意。〈彼時何卒卒〉章，以「陳跡竟誰尋？賤嗜非貴獻。」之諷語寄意。〈秋氣日惻惻〉章，以「惜哉不得往，豈謂吾無能」歎語寄意。〈離離掛空悲〉章，易以「庶幾遺尤悔，即此是幽屏」莊語寄意。或正或反，或莊或諷，每章之章法皆不同，而其感情基調，卻始終一貫。

3. 〈題張十一旅舍三詠〉

此為元和元年五月在江陵作。張十一，即張署。三章皆為七言絕句，各標以〈榴花〉、〈井〉、〈蒲萄〉等小題。其〈榴花〉云：「五月榴花照眼明，枝間時見子初成。可憐此地無車馬，顛倒青苔落絳英。」其〈井〉云：「賈誼宅中今始見，葛洪山下昔曾窺。寒泉百尺空看影，正是行人喝死時。」〈蒲萄〉云：「新莖未徧半猶枯，高架支離倒復扶。若欲滿盤堆馬乳，莫辭添竹引龍鬚。」就題面觀之，似僅止於詠物，若與貶謫南方，復得量移，關聯而言，則三首顯然另有寓意。如首章「榴花無人來賞，任其紛紛謝落」喻二人之堅守操持，無人能識。次章「百尺井泉」喻二人不被汲用，正如《易經》「井渫不食」之意。三章「蒲萄新莖半枯，高架支離，倒而復扶」，喻二人之謫而復起，正待大力栽培。三章所詠之物性質雖異，而寄託之意卻一貫相承。

韓愈詩集之中，起結照應，章法相關之聯章詩，為數尚多，類能有倫有序，詩意連屬，茲不一一論述。但亦有若干互不相關，題旨迥異而勉強聚於一題者。例如：〈游城南十六首〉，非同一時日所作，係編者類次，不足以論聯章之章法。再如：〈奉和虢州劉給事使君三堂新題二十一詠〉之中二十一首五言絕句，取韻精切，首首自出新意，非寄寓之作，故無聯章章法之可言。

貳、韓詩章法舉例

就前賢論析古詩章法之資料來看，早在宋・姜夔《白石道人詩說》已提出「首尾勻停，腰腹肥滿」之主張，以爲：「前面有餘，後面不足；前面極工，後面草草。」〔註5〕爲極大之缺失。又明・李東陽《麓堂詩話》亦云：

> 長篇中須有節奏，有操有縱，有正有變。若平鋪穩布，雖多無益。唐詩類有委曲可喜之處。惟杜子美頓挫起伏，變化不測，可駭可愕，蓋其音響與格律正相稱。回視諸作，皆在下風。〔註6〕

強調古詩章法頓挫、起伏之可貴。又清・沈德潛《說詩晬語》卷上云：

> 五古長篇，固須節次分明，一氣連屬。然有意本連屬而轉似不連屬者；敍事未了，忽然頓斷，插入旁議，忽然聯續，轉接無象，莫測端倪，此運左史法於韻語中，不以常格拘也。千古以來，且讓少陵獨步。〔註7〕

此說明杜甫五言長篇善用《左傳》、《史記》之義法；具體言之即運用「提頓法」、或「夾敘夾議法」於詩中。又明・謝榛《四溟詩話》卷二則針對長篇與短篇作一比較謂：「大篇決流，短篇斂芒，李杜得之。大篇約爲短章，涵蓄有味；短章化爲大篇，敷演露骨」。〔註8〕清・沈德潛《說詩晬語》卷上云：

> 詩篇結局爲難，七言古尤難。前路層波疊浪而來，略無收應，成何章法？支離其詞，亦嫌煩碎。作手於兩言或四言中，層層照管，而又能作神龍掉尾之勢，神乎技矣。〔註9〕

〔註5〕　據清・何文煥輯《歷代詩話》本《白石道人詩說》，又見譚令仰《古代文論萃編》第335頁，書目文獻出版社，1986年12月。

〔註6〕　據清・何文煥輯《歷代詩話》本又見譚令仰《古代文論萃編》第三三七頁，書目文獻出版社，1986年12月。

〔註7〕　見蘇文擢《說詩晬語詮評》第194頁，臺北：文史哲出版社，民國74年10月。

〔註8〕　見明・謝榛《四溟詩話》，又見譚令仰《古代文論萃編》第338頁，書目文獻出版社，1986六年12月。

〔註9〕　同註7，第229頁。

此外如范德機《木天禁語》提出五古長篇之「分段」、「過脈」、「回照」、「讚嘆」等項，及分段、分節之規則，凡此，均有極高之理論價值。茲據以論析韓愈詩之章法。

一、前敘後斷

　　韓愈〈謝自然〉詩，即採「先敘後斷」之章法。此詩爲韓愈抨擊道教之名作。詩中之謝自然，原爲貧家女，入道學仙，相傳於貞元十年十一月二十日辰時白日飛昇。此事韓愈得自傳聞，而基於儒家立場，力斥其荒謬。全詩分爲前後兩大段：自「果州南充縣」至「灼灼信可傳」三十二句爲前段，以敘事筆法，重述此事。自「余聞顧夏后」至「昧者宜書紳」三十四句爲後段，斷定謝自然白日飛昇之虛妄不實，從而發出「孤魂抱深冤」、「永託異物群」之悲憫。清·顧嗣立《昌黎先生詩集注》云：「公排斥佛老，是生平得意處。此篇全以議論作詩，詞嚴義正，明目張膽，〈原道〉、〈佛骨表〉之亞也。」清高宗御纂《唐宋詩醇》云：「前敘後斷，排斥不遺餘力，人詫其白日飛昇，吾獨爲孤魂冤痛，警世至深切矣。」兩家之論點，正說明〈謝自然〉一詩，具有以詩議論之性質，其警世之力量，正來自「先敘後斷」之章法。

　　再如〈誰氏子〉詩，旨在譴責道徒力行險怪、戕害倫常。全詩前後兩段：自「非痴非狂誰氏子」至「力行險怪取貴仕」爲前段，簡截敘述李泴拋妻別母入山學道。自「神仙雖然有傳說」至「寫吾此詩持送似」爲後段，論斷李泴之怪行必不能達成正果，從而揭出勸戒教誨之旨。全詩辭嚴義正，正用「先敘後斷」之章法。

二、夾敘夾議

　　韓愈〈送僧澄觀〉詩，採「夾敘夾議」之章法。全詩分爲四段：一段以問句開篇，全用「敘議兼行」之筆法。謂佛教東傳有何施爲？但見四海之內攘攘奔馳而已。庶士豪家爭捨資財，構建招提，架設寶塔，摩星切漢，誇雄鬥麗，無人能止。僧伽大師在泗州臨淮，建寺傳

道，雖爲後至，然眾佛之勢，至此益加詼張。自「越商胡賈脫身罪」以下十句爲第二段，先述越商胡賈，爲解脫罪孽，紛獻巨貲；珪璧滿船，難以計數。「清淮」六句，續寫僧伽大師坐化之後，移至臨淮供養之寺塔。謂此塔濱臨淮水，塔勢高聳，火燒水轉，迭經廢興。其中「影沈潭底龍驚遁」描寫塔影，「當晝無雲跨虛碧」呈示塔高，爲賦塔之名句。然後以倒插筆法，點出澄觀，謂此塔乃澄觀所經營。自「愈昔從軍大梁下」以下十句，爲第三段。分吏才、詩才二寫正敘澄觀，謂其雖爲僧徒，卻具公卿之能、爲吏之用，乃罕見之奇才。再敘從事徐州幕以來，紛紛過客，何能盡記？卻側聞澄觀亦爲詩人，舉座競吟，詩句最新。因生愛才之念，亟欲羅之門下，促其還俗，惜久未能如願。自「洛陽窮秋厭窮獨」以下十句，爲第四段，韓愈自敘窮居洛陽，澄觀突然來訪。「惜哉已老」二句，謂澄觀已老，坐睨神骨，惟有空自悗惜。末四句補敘澄觀係奉泗州刺史之命而來，既已相見，亦令其致意於泗守也。就全詩而論，前半二段以敘寫塔景爲主眼；後半二半，則集中在澄觀之吏才與詩才，章法嚴謹，讀之有味。

三、縷敘細事

　　韓愈〈崔十六少府攝伊陽以詩及書見投因酬三十韻〉一詩，採「縷敘細事」之章法。此詩前半所敘，爲韓愈元和二年以分司居東都，崔十六賃屋連牆，因得相識往來之經過。後半敘崔十六宰伊陽，寄來雜詩，而韓愈自敘現狀，冀望相見。全詩妙處，在掇拾瑣事，具見眞情。如邀之同餐、借米與崔十六、讚其嬌兒，皆出之至誠。初讀似覺平淡，愈讀愈見眞味不覺其冗。

　　再如〈符讀書城南〉一詩，勸子符爲學，雜述富貴利達之事加以誘導，然後勸以窮經觀史。全詩用淺俗之語、瑣碎之事，訓誨一番，全無〈進學解〉之道貌岸然。再如〈示兒〉詩，亦「縷敘細事」成篇。起首四句謂始來京師，止攜一束書；歷經三十年奮鬥，終有此屋。以下即就屋盧之中堂、前榮、庭內、東堂、西偏、北堂之建構，縷敘一

番。其章節安排，絕類〈兩都賦〉之作法。「開門問誰來」以下，再縷敘座中之人，十九皆爲公卿大夫，酒食之餘，碁槊相娛；而張、樊之徒，往還最頻，以考評道藝爲事。庭中時有學子旋行，門徒進出。末段謂向使我不自修持，安能居此爵位、處此屋盧，何得如此交游？最後以詩示兒，誘其勤學作結。

四、敘寫兼行

韓愈〈陪杜侍御游湘西兩寺獨宿因獻楊常侍〉一詩，先敘湘西兩寺，再敘陪游，再敘獨宿，後讚湖南觀察使楊憑禮賢節儉，惜未同遊。而本詩最動人之處在獨宿抒感之部分。在此，因夜風而疑波濤，因波濤而思屈、賈，因屈、賈而恨群小之妨功害能，妬忌讒陷，從而觸動自身之遭遇，百感交集，皆以「敘寫兼行」之章法爲之，讀之有味。

再如〈岳陽樓別竇司直〉，爲長達九十二句之五古長篇。前半兩段寫景，後半兩段敘事。前半摩寫洞庭湖之浩瀚，類似漢賦之作法。後半「追思南渡時」六句，回憶當年竄逐南方甘受魚腹之忠鯁。「生還眞可喜」六句，抒被貶生還之感慨。有此十二句之挽轉句意，頓使前半之鋪敘，靈動有致。筆法運化，難以企及。清·沈德潛《唐詩別裁集》云：「前兩段陽開陰闔，入竇司直後，見忠直被謗，而以追思南渡數語挽轉前半，筆力矯然。」程學恂《韓詩臆說》云：「〈南山〉詩，純用〈子虛〉、〈上林〉、〈三都〉、〈兩京〉、木〈海〉、郭〈江〉之法，鑄形鏤象，直若天成者。詠洞庭亦然。宇宙間既有此境，不可無此詩也。前半自賦寫，後半自敘事，兩兩相關照，而自成章法。此眞古格，後人多不知之。」揆之全詩，堪稱知言。

五、通篇賦體

韓愈〈南山詩〉爲長二〇四句之五古長篇，全詩雕鏤精工，實由騷賦化出。方世舉謂：「古人五古長篇，各得文之一體。〈焦仲卿妻詩〉傳體，杜〈北征〉序體，白〈悟眞寺〉記體，張籍〈祭退之〉誄體，

退之〈南山〉賦體。賦本六義之一，而此則〈子虛〉、〈上林〉賦派。」（《集釋》引）清高宗御纂《唐宋詩醇》亦云：「入手虛冒開局。『嘗昇崇丘』以下，總述南山大概。『春陽』四段，敘四時變態。『太白』、『昆明』兩段，言南山方隅連亙之所自。『頃刻異狀候』以上，只是大略遠望，未嘗身歷。瞻太白、俯昆明，眺望乃有專注，而猶未登涉也。『經杜墅』，『上軒昂』，志窮觀覽矣。蹭蹬不進，僅一窺龍湫止焉。遭貶由籃田行，則又跋涉艱危，無心觀覽也。層層頓挫，引發不滿，直至『昨來逢清霽』以下，乃舉憑高縱目所得之景象，傾囊倒篋而出之。疊用或字，從〈北山〉詩化出，比物取象盡態極妍，然後用『大哉』一段煞住。通篇氣脈透迤，筆勢辣峭，蹊徑曲折，包韻宏深，非此手亦不足以稱題也。」〔註10〕此詩之難能，在以韻語鋪張雕繪，繁縟至極。

再如〈陸渾山火一首和皇甫湜用其韻〉，造語險怪，初讀不易知曉題旨，細按其內涵，不過是吟詠野燒而已，卻寫得滿眼雕繪、驚心動魄。就其章法而論，起敘火勢之盛，次寫祝融御火，末申水火相濟之說。「通篇鋪敘」之章法，十分嚴謹。

六、通篇比體

韓愈〈鳴雁〉一詩，就體式而言，為七言柏梁臺體，全詩十三句，使用完美之託喻，委婉表達去意。本詩起首二句借物起興，謂嗷嗷鳴雁，且鳴且飛，暮秋南遷，春時北歸。此蓋借雁喻己由汴州遷居徐州。「去暖就寒」二句，謂避開寒冷，趨近溫暖，此雁熟知自身投靠之所在，然而廣闊之天地間，能讓此雁棲息之處卻甚少。此蓋喻己直言無諱，得不到張建封之賞識。「風霜酸苦」四句，謂此地稻粱不足，飽受風霜困苦，以致羽毛折落，身體瘦弱。盤旋迴顧，發現同伴皆已失散，欲返昔日棲息之洲渚，亦無可能。蓋喻己從事徐州幕期間，衣食

〔註10〕　見清高宗御纂《唐宋詩醇》卷二七，臺灣中華書局版，第四冊，第783頁。

不豐，友伴失散，落落寡合之心境。「江南」三句，謂江南水面寬闊，晨雲濃密，水草既長，沙洲細軟，且無人張設網羅。在彼處必能悠閒而飛，安寧而聚，和諧而鳴。此喻未來擬往投身之處。末二句，謂雁去憂懷息，擬就此高飛，君意以爲如何？此蓋表白離開徐州之本意。綜觀〈鳴雁〉全詩，純就雁鳥爲言，若非就韓愈、張建封之行事考求，實難了解喻意。張建封爲韓愈之恩主，雅善屬文，《新唐書》本傳，稱其「禮賢下士，有文章傳於時。」韓、張之結交，亦可能因文章而相惜。但是韓愈擔任徐州節度推官僅數月即欲離開徐州，於情於理，皆難直言，遂託鳴雁以明去志。本詩之妙處，在「通篇比體」之章法。與此相類之作尚有〈雜詩四首〉、〈雙鳥詩〉、〈南山有高樹行贈李宗閔〉等詩。

七、虛實相間

貞元二十一年正月，順宗繼位，大赦天下，韓愈與張署同時量移江陵，在郴州待命。是年中秋，相聚賞月喝酒，慨歎幾年來命運之坎坷，因作〈八月十五夜贈張功曹〉一詩。「多次換韻，音節純用古調」及「章法虛實相間」爲此詩最大特色。此詩起首六句點題，所敘爲實事，所寫爲實景。自「洞庭連天九疑高」以下十八句代爲張署歌詞，乃本詩最精采之段落。貶謫南方之辛苦、冒死奔赴任所之艱難、州家使家之壓抑、判司之轉移、天路之難攀，全借歌詞吐露，此蓋「轉實爲虛」之法。自「君歌且休我歌」以下至結尾，又轉虛爲實，揭出有酒即飲，不必歸怨使家之意。汪琬曰：「虛者實之，實者虛之，得反客爲主之法。」（《集釋》卷三引）方東樹《昭昧詹言》云：「一篇古文章法。前敘，中間以正意、苦語、重語作賓，避實法也。收應起，筆力轉換。」都針對章法之「虛實相間」而論。

韓愈另有一首七言短古〈峋嶁山〉，章法與此相類。詩云：「峋嶁山尖神禹碑，字青石赤形摩奇。科斗拳身薤倒披，鸞飄鳳泊拏虎螭。事嚴跡祕鬼莫窺，道人獨上偶見之，我來咨嗟涕漣洏。千搜萬索何處

有？森森綠樹猿猱悲。」本詩前四句謂衡山別峰岣嶁山有一碑，乃當年夏禹祭神所獲。緊接二句，對禹碑形模字體，加以描述，有若親見其物。「事嚴」以下五句，始傳述此碑爲某道人登山偶見。如今專程尋訪，卻遍索不得。細按詩意，知韓愈並未見及此碑。方東樹曰：「先點次寫，似實卻虛。『事嚴』以下，似虛卻實。」（《集釋》引）正是針對本詩章法而言。韓愈詩之章法，奇變多端，其樣式當然不止於此。如：〈病中贈張十八〉、〈瀧吏〉之「插入對話」；〈赴江陵途中贈三學士詩〉、〈答張徹〉之「通篇敘事」；〈縣齋讀書〉之「前敘後感」，皆有篇章結構之特色或章法之典型意義。

參、韓詩之構句與鍊字

一、通論句法與字法

　　韓愈不但重視篇章之營構，更重視字句之創新。其〈答李翊書〉謂：「惟陳言之務去。」其〈南陽樊紹述墓誌銘〉謂：「辭必己出」、「文從字順」，其實都是針對文章創作「構句」與「鍊字」而言。此在前賢之論詩資料中，屬於「句法」、「字法」之範圍。古人強調在「篇中鍊句，句中鍊字，鍊得篇中之意工到，則氣韻清高深渺，格律雅健雄豪，無所不有，能事備矣。」〔註11〕可見句法爲詩篇之要素，不可小覷。宋・葉夢得《石林詩話》更原則性地提出三種好句：

> 禪宗論雲間有三種語：其一爲隨波逐浪句，謂隨物應機，不主故常；其二爲截斷眾流句，謂超出言外，非情識所到；其三爲函蓋乾坤句，謂泯然皆契，無間可伺。其淺深以是爲序。〔註12〕

不論是「隨波逐浪句」、「截段眾流句」或「函蓋乾坤句」，均非易到

〔註11〕 見清・薛雪《一瓢詩話》，據丁福保輯《清詩話》本，第703頁，臺北：木鐸出版社，民國77年9月。

〔註12〕 見宋・葉夢得《石林詩話》卷上，據清・何文煥輯《歷代詩話》本，第406頁，臺北：木鐸出版社，民國71年2月。

之境，就詩歌而言，也是深具創造意義。此外明‧王驥德《曲律‧論句法》則提出句法之審美要求，謂：

> 句法，宜婉曲，不宜直致；宜藻豔，不宜枯瘁；宜溜亮，不宜艱澀；宜輕俊，不宜重滯；宜新采，不宜陳腐；宜擺脫，不宜堆垛；宜溫雅，不宜激烈；宜細膩，不宜粗率；宜芳潤，不宜噍殺。又總之，宜自然，不宜生造。意常，則造與貴新；語常，則倒換須奇。他人所道，我則引避；他人用拙，我獨用巧。平仄調停，陰陽諧協，上下引帶，減一句不得，增一句不得。我本新語，而使人聞之若是舊句，言機熟也；我本生曲，而使人歌之容易上口，言音調也。〔註13〕

此雖針對詞曲而言，卻有高度理論意義與審美判斷上之價值。在字法方面，明‧徐師曾《文體明辨序說》曾云：「點綴關鍵，金石綺彩，各極其造，字法也。」明‧李騰芳《李文莊公文集》卷九〈文字法三十五則〉云：

> 凡句必須獨造，不可用古人現句。古今文章大家必能造句，曉得造句法，然後可以行意。孔子曰：「辭達而已矣。」，不能造句，則必不能達也。造句之法，其工在字。〔註14〕

又云：

> 字法甚多，有虛實、深淺、顯晦、清濁、輕重、偏滿、新舊、高下、曲直、平仄、生熟、死活各樣。第一要活，不要死。活則虛能爲實，淺能爲深，晦能爲顯，濁能爲清，輕能爲重，以致其餘，莫不皆然。若死，則實字反虛，深字反淺，清字反濁，以致其餘，莫不皆然。〔註15〕

字法看似小道，卻是詩歌組織成句之要則。一字妥貼，則全篇生色；一字誤用，則化金成鐵，其影響不可爲謂不大矣。

〔註13〕見賈文昭主編《中國古代文論類編》上冊，第610頁，福建：海峽文藝出版社，1990年12月。

〔註14〕見明‧李騰芳《李文莊公文集》卷九，〈山居雜著〉上，清刻本，轉引自賈文昭主編《中國古代文論類編》上冊，第610頁，福建：海峽文藝出版社，1990年12月。

〔註15〕同上。

二、韓詩構句之技法

1. 夸飾例

〈李花贈張十一署〉云：

君知此處花何似？白花倒燭天夜明，群雞驚鳴官吏起。金烏海底初飛來，朱輝散射青霞開。迷魂亂眼看不得，照耀萬樹劻如堆。

按：上三句以夸飾法寫李花在夜間之景致，造意奇特，氣象雄渾。後四句寫傳說中之金烏太陽，自海底升起，紅光散射，青霞披開，使人眼亂魂迷，無法逼視。陽光在照耀著千萬樹李花，繁密成堆。此處寫朝陽照花之情景，與上三句之夜景相承，極寫李花盛開之燦爛。〔註16〕

再如〈石鼓歌〉云：

陋儒編詩不收入，二雅褊迫無委蛇。孔子西行不到秦，掎摭星宿遺羲娥。按：詩意謂石鼓文不編於《詩經》，詩而〈大雅〉、〈小雅〉不載；而孔子刪詩，小者具述，此文獨遺，一如掎摭星宿而遺日月。事實上，石鼓發現時，孔子已死，因此四句為夸飾之修辭。

2. 倒置例

〈春雪〉云：

入鏡鸞窺沼，行天馬度橋。

按：此謂「鸞窺沼則如入鏡，馬度橋則如行天。」此句與杜甫「紅（按：一作香）稻啄餘鸚鵡粒，碧梧棲老鳳凰枝。」有異取同工之妙。清‧顧嗣立《寒廳詩話》云：「《藝苑雌黃》曰：『古詩押韻，或有語顛倒而理無害者，如退之以『參差』為『差參』，以『玲瓏』為『瓏玲』是也。」《漢皋詩話》云：「韓愈孟郊輩故有『湖江』、『白紅』、『慨慷』之句，後人亦難仿效。」德清胡胐明（原註：清）曰：「《漢書‧揚雄傳》云：「〈甘泉賦〉『和氏瓏玲』與清、傾、嶒、嬰、成為韻。《文選》

左思〈雜詩〉『歲暮常慨慷』與霜、明、光、翔、堂爲韻。是『玲瓏』、『慨慷』，前古已有顛倒押韻者，非創自韓公。」〔註17〕

3. 譬喻例

〈永貞行〉云：

> 狐鳴梟噪爭署置，睗睒跳踉相嫵媚。

按：據《舊唐書・王叔文傳》：「叔文司兩司利柄，齒於外朝，愚智同日：城狐山鬼，必夜號窟居以禍福人，人亦神而畏之，一旦晝出路馳，無能必矣。」《楚辭》以狐、梟譬喻小人，韓愈因之，亦以狐、梟譬喻王叔文黨，狀其讒佞爭權之醜態。

4. 反襯例

〈鄭群贈簟〉：

> 攜來當晝不得臥，卻願天日恆炎曦。

按：清・顧嗣立《寒廳詩話》云：「犀月謂昌黎詩「將軍欲以巧伏人，盤馬彎弓惜不發。」此中機括，彷彿見作文用筆之妙。又善用反襯法，如〈鄭群贈簟〉『攜來當晝不得臥，卻願天日恆炎曦。』是也。又善用深一步法，如〈病鴟〉『計較平生事，殺卻理亦宜，亮無責報心，固以聽所爲。』是也。」〔註18〕

5. 假借例

〈酒中上李相公〉云：

> 眼穿常訝雙魚斷，耳熟何辭數爵頻。

按：明・俞弁《逸老堂詩話》云：「孟浩然有『庖人具雞黍，稚子摘楊梅』，以雞黍對楊梅；老杜亦有『枸枸因吾有，雞栖奈爾何』，以枸對雞。韓退之云：『眼穿常訝雙魚斷，耳熟何辭數爵頻』，以魚對爵，皆是假借，以寫一時之興，唐人多有此格。」〔註19〕

〔註17〕 見清・顧嗣立《寒廳詩話》，丁福保《清詩話》，第86頁，臺北：木鐸出版社，民國77年9月。

〔註18〕 同上。

〔註19〕 見明・俞弁《逸老堂詩話》，丁福保《歷代詩話續編》，第1310頁，

6. 特殊句例

〈嗟哉董生行〉云：

> 或山於樵，或水於漁。

按：此謂于焉樵，于焉漁。宋・曾鞏〈南軒記〉云：「或田于食，或野于宿。」正用此句法。其〈送蔡元振序〉又云：「室于嘆，塗于議。」楊誠齋《易傳》釋〈既濟〉六四爻辭，亦有「陵于居，水于澤」之語。皆與此句法相同。〔註20〕又按：清・王士禎《香祖筆記》云：「韓、蘇七言詩學《急就篇》句法，如「鴉鴟鷹鵰雉鵠鷗」，「騅駹駧駱驪駓駼」等句，與既載之〈池北偶談〉。進又得五言數語，韓詩「蚌螺魚鱉蟲」；「鰻鱺鮎鯉鱐，鸕鷿鴿鷗鳧」；蔡襄「弓刀甲盾弩，筋皮毛骨羽」。然此種句法間作七言可耳，五言即非所宜，解人當知之。」〔註21〕又〈贈鄭兵曹〉云：

> 罇酒相逢十載前，君爲壯夫我少年；罇酒相逢十載後，我爲壯夫君白首。

按：此以簡單之時間與情境之對照，慨歎時光流逝。所使用之句法，純爲散文句法。

三、韓詩之用字藝術

1. 倒反字例

韓愈詩爲求協韻，或將尋常語意，作特殊之表現，常將字詞倒反。宋・孫奕《履齋示兒篇》卷九曾舉出二十餘例，謂：

> 詩中倒用字，獨昌黎爲多：〈醉贈張祕書〉曰「元凱承華勛。」〈赴江陵〉云：「所學皆孔周。」〈歸彭城〉云：「閭里多死飢。」，「下言引龍夔。」。〈城南聯句〉云：「叟鼓侑牢牲。」，又「百金交弟兄。」〈赴江陵〉云：「殷勤謝友朋。」〈孟東

臺北：木鐸出版社，民國 77 年 7 月。

〔註20〕　見清・王元啓《讀韓記疑》，轉引自錢仲聯《韓昌黎詩繫年集釋》，第 82 頁。

〔註21〕　見清・王士禎《香祖筆記》，，轉引自吳文治《韓愈資料彙編》，第 954 頁，民國 73 年 4 月。

野失子〉云：「伯厚胡不均。」〈重雲〉云：「身體豈寧康。」
〈送惠師〉云：「超然謝朋親。」〈答張徹〉云：「碧海滴瓏
玲。」〈苦寒〉云：「調合進梅鹽。」〈東都遇春〉云：「渚
牙相緯經。」〈雜詩〉：「詩書置後前。」〈寄崔立之〉云：「約
不論財資。」，又「無人角雄雌。」〈孟先生〉云：「應對多
差參。」，又「此格轉嶇嶔。」〈符讀書〉云：「寒飢出無驢。」
〈人日登高〉云：「盤蔬東春雜。」〈南內朝賀〉云：「不見
酬稗稊。」，又「磨淬出角圭。」〈晚秋聯句〉云：「惟學平
富貴。」〈贈唐衢〉云：「坐令四海如虞唐。」〈八月十五夜
贈功曹〉云：「嗣皇繼聖登夔皐。」〈贈劉師服〉云：「後日
懸知慚莽魯。」〈杏花〉云：「杏花兩株能白紅。」，又「百
片飄泊隨西東。」〈感春〉云：「兩鬢雪白趨塵埃。」〈和盤
谷子〉：「推書撲筆歌慨慷。」皆倒字類也。〔註22〕

2. 疊用字例

韓愈為追求視覺效果或擬聲，常用疊字。如：

〈東方半明〉云：「殘月暉暉，太白睒睒。」此「暉暉」謂月光。「睒
睒」謂星光閃閃，有如人眼之暫視。

〈秋懷詩〉：「蟲鳴室幽幽，月吐窗囧囧。」此「幽幽」、「囧囧」皆
狀詞。

〈峋嶁山〉云：「千搜萬索何處有？森森綠樹猿猱悲。」此「森森」
指林木之茂。

〈病中贈張十八〉云：「不躡曉鼓朝，安眠聽逄逄。」此「逄逄」
為更鼓之聲。

〈鳴雁〉云：「嗷嗷鳴雁鳴且飛，暮秋南遷春北歸。」此「嗷嗷」
為雁聲。

〈山石〉云：「當流赤足躡澗石，水聲激激風吹衣。」此「激激」
為水聲。

〈貞女峽〉云：「懸流轟轟射水府，一瀉百里翻雲濤。」此「轟轟」
　　爲湍流聲。

〈嗟哉董生行〉：「父母不慼慼，妻子不咨咨。」此「慼慼」指憂慼，
　　「咨咨」則指抱憾而言。

3. 罕僻字例

　　韓愈詩不落凡近，長用罕僻字、古體字、怪體字入詩。如：

〈南山詩〉云：「強勢已出，後鈍嗔誼譳。」此「鈤譳」爲不能言
　　之意。

〈讀東方朔雜事〉云：「偷入雷電室，輷輘掉狂車。」此「輷輘」
　　即大聲也。

〈陸渾山火〉云：「齒牙嚼齧舌齶反，電光霹礪頽目暖。」此「霹
　　礪」即電之意。

〈陸渾山火〉：「熙熙醽醁笑言語，雷公擘山海水翻。」此「醽醁」
　　指酬飲。

〈秋懷詩〉：「謂是夜氣滅，望舒霅其團。」此「霅」字，即隕之古
　　字。

〈寄崔二十六立之〉：「敦敦凭書案，譬彼鳥粘黐。」此「黐」字，
　　據〈六書故〉爲黏之甚者，以苦木皮搗取膠液而成，可黏羽物。

〈月蝕詩效玉川子作〉：「於菟蹲於西，旗旄衛氈毳。」此「氈」字
　　爲長毛貌，「毳」字爲毛衣。

4. 虛字例

〈天星送楊凝郎中賀正〉：「正當窮冬寒未已，借問君子行安之？」
　　此句尾用「之」字。

〈此日足可惜〉：「思之不可見，百端在中腸。」此句中用「之」字。

〈忽忽〉：「忽忽乎余未知生之爲樂也，願脫去而無因。」此句中用
　　「之」、「乎」，句尾用「也」字。

〈汴州亂〉：「母從子走者爲誰？大夫夫人留後兒。」此句中用「者」

字。

〈贈叔姪〉：「今者復何事？卑棲寄徐戎。」此句中用「者」字。

〈寄崔二十六立之〉：「生分耕吾疆，死也埋吾坡。」此句中用「也」字。

〈誰氏子〉：「神仙雖然有傳說，知者皆知其妄矣。」此句末用「矣」字。

〈李花贈張十一署〉云：「祇今四十已如此，後日更老誰論哉。」此句尾用「哉」字。

〈感春四首〉之一云：「三盃取醉不復論，一生長恨奈何許？」此句末有用「許」字爲語助。

〈杏花〉云：「居鄰北郭古寺空，杏花兩株能白紅。」
張相云：「能，甚辭。……能白紅，言何其紅白相間而熱鬧也。反襯古寺荒涼之意。」（《集釋》卷四引）

〈杏花〉云：「浮花浪蕊鎮長有，纔開還落瘴霧中。」
清・朱駿聲《說文通訓定聲》云：「〈爾雅・釋詁〉：『塵，久也。』今人時久曰鎮日鎮年，以鎮爲之。」張相云：「鎮，猶常也。長也，儘也。」（〈集釋〉卷四引）

〈李花贈張十一署〉云：「念昔少年著游燕，對花豈省曾辭盃。」
張相云：「著游燕，愛游燕也。」「省，猶曾也。省曾二字聯用，重言而同意也。」（《集釋》卷四引）

〈杏花〉：「鷓鴣鈎輈猿叫歇。」〈本草〉：「鷓鴣鳴云：鈎輈格磔。」

5. 雙聲、疊韻字例

清・王鳴盛《蛾術篇》卷七十六論及〈詠雪贈張籍〉之用字，謂：
「飄颻還自弄，歷亂竟誰催？」「誤雞宵呃喔，驚雀暗徘徊。」
「飄颻」、「徘徊」，皆疊韻，「歷亂」、「呃喔」，皆雙聲。「城寒裝睥睨，樹凍裹莓苔。」，「娥嬉華蕩漾，胥怒浪崔嵬」，「萬屋漫汙合，千株照曜開」，「水官夸傑黠，木氣怯胚胎」，「狂叫詩碑砍，興與酒陪鰓。」，皆疊韻。「緯繣觀朝萼，

冥茫矚晚埃」，皆雙聲。舉此以爲例，餘不及。〔註23〕

6. 其他字例

〈謁衡岳廟遂宿嶽寺題門樓〉云：「噴雲泄霧藏半腹，雖有絕頂誰能窮。」

用噴、泄、藏三字，來描繪平日雲霧濃重不散，奇突又貼切。

〈岳陽樓別竇司直〉：「瀦爲七百里，吞納各殊狀。」瀦，水所停也。

〈喜雪獻裴尚書〉云：「宿雲寒不捲，春雪墮如篩。」

按：「篩」字同「篩」，下句形容落雪時，有如篩子篩物，雪花迷濛之狀。唐・李嘉祐〈雪〉詩：「篩寒灑白亂冥濛。」與此有同工之妙。

〈喜雪獻裴尚書〉又云：「氣嚴當酒換，灑急聽窗知。」

按：上句「換」字絕妙。清・李黻平《讀杜韓筆記》云：「與少陵：『燭斜初近見，重聽竟無聞。』皆詠雪名句也。東坡：『半夜寒聲落畫檐。』似從退之此聯脫胎，而各極神妙。」

宋・胡仔《苕溪漁隱叢話》卷十八〈韓吏部〉下云：「苕溪漁隱曰：〈與崔立之〉

詩云：『四坐各低面，不敢捰眼窺。』捰音麗，琵琶撥也，謂左右窺。又〈荷池〉詩云：『未諳鳥摵摵，那似卷翻翻。』又有『摵摵井梧疏更殞』之句，摵音縮，又音蹙，並到也。又音索，乃殞落也。〈文選〉盧子諒詩：『摵摵芳葉零。』潘岳〈秋興賦〉：『庭樹摵以洒落。』」〔註24〕

總結而言，韓詩愈之構句鍊字，或翻用舊語，或憑空結撰，確能達到字字生造之境地。其僻搜巧鍊，雖不無遷強湊泊之失，然由於才學宏博，終能層出不竭。清・葉燮《原詩》嘗云：「韓詩無一字猶人，如太華削成，不可攀躋。」揆之韓集，洵爲知言。

〔註23〕　清・王鳴盛《蛾術篇》卷七十六，轉引自吳文治《韓愈資料彙編》，第 1281 頁，民國 73 年 4 月。

〔註24〕　見宋・胡仔《苕溪漁隱叢話》卷十八，轉引自吳文治《韓愈資料彙編》，第 237 頁，民國 73 年 4 月。

肆、韓詩之用典技巧

一、通論隸事用典

關於詩歌之隸事用典，古來有兩種對立主張，一為反對用典，一為贊同用典。梁‧鍾嶸《詩品》云：

> 夫屬辭比事，乃為通談；吟詠情性，何貴用事。「思君如流水」，既是即目，「高臺多悲風」，亦惟所見。「清晨登隴首」，羌無故實；「明月照積雪」，詎出經史？觀古今勝語，多非假補，皆由直尋。〔註25〕

鍾嶸之「直尋」說，係針對顏延之、任昉等人所倡導之用典風氣而提出。《詩品》評顏延之：「喜用古事，彌見約束」；評任昉：「動輒用事，所以詩不得奇。」皆本於此種見解。沈約為文常從三易，謂：「易見事也，易識字也，易誦讀也。」其實沈約之詩文亦用事，只是不使人覺而已。至唐‧皎然在《詩式》中，提及「詩有五格」：

> 詩有五格：不用事第一。作用事第二。（原注：其有不用事而措意不高者，黜入第二格。）直用事第三。（原注：其中亦有不用事而格稍下，貶居第三。）有事無事第四。（原注：此於第三格中稍下，故入第四）。有事無事情格俱下第五。（原注：情格俱下，有事無事可知也。）〔註26〕

猶將不用典之作列為第一，但也不認為「徵古」便是「用事」，原因是皎然將「取象」定義為「比」，「取義」定義為「興」。「義」即「象」下之「意」。因此，在皎然心目中，陸機〈齊謳行〉：「鄙哉牛山歎，未及至人情。爽鳩苟已徂，吾子安得停。」是用事而非比；至若謝靈運〈還舊園作〉：「偶與張邴合，久欲歸東山。」則為比而非用事。〔註27〕另有一些論者，認為後代詩人，不可能不用典。如清‧趙翼

〔註25〕 見清‧何文煥編《歷代詩話》第四頁，臺北：木鐸出版社，民國71年2月。

〔註26〕 見唐‧皎然《詩式》〈詩有五格〉，清‧何文煥編《歷代詩話》本，第28～29頁，臺北：木鐸出版社，民國71年2月。

〔註27〕 同上，第30頁。

《甌北詩話》卷十云：

> 詩寫性情，原不專恃敷典。然古事已成典故，則一典已自
> 有一意，作詩者借彼之意，寫我之情，自然備覺深厚，此
> 後代詩人不得不用書卷也。〔註28〕

清・沈德潛《說詩晬語》卷上云：

> 以詩入詩，最是凡境。經史諸子，一經徵引，都入詠歌，
> 方別於潢潦無源之學。但實事貴用之使活，熟語貴用之使
> 新，語如己出，無斧鑿痕，斯不受古人束縛。〔註29〕

隸事用典既可增加內涵深度，總以活用、生新、不著痕、不遷強爲原
則。杜甫所謂：「作詩用事要如禪家語，水中著鹽，飲水乃知鹽味。」
向爲論者所樂道。而對於堆垛典故之作，則譏爲點鬼簿。

二、韓愈用典之技巧

　　關於用典方法，宋・嚴有翼《藝苑雌黃》曾提出「直用其事者」、
「反其意而用之者」，〔註30〕前者即所謂「正用」，後者即所謂「反用」。
清・顧嗣立《寒廳詩話》云：

> 韓昌黎詩句句有來歷，而能務去陳言者，全在於反用。如
> 〈醉贈張秘書〉詩，本用嵇紹「鶴立雞群」語，偏云：「張
> 籍學古淡，軒鶴避雞群。」〈縣齋有懷〉詩，本用向平婚嫁
> 畢事，偏云：「如今便可爾，何用畢婚嫁。」送文暢詩，本
> 用老杜「每愁夜中自足蠍」句，偏云：「照壁喜見蠍」。〈薦
> 士〉詩，本用《漢書》「強弩之末不能入魯縞」語，偏云：
> 「強箭射魯縞」。〈嶽廟〉詩，本用謝靈運「猿吟誠知曙」
> 句，偏云：「猿鳴鐘動不知曙」。此等不可枚舉。學詩者解
> 得此祕，則臭腐化爲神奇矣。〔註31〕

〔註28〕　見《百種詩話類編》上冊，第 585 頁，臺北：藝文印書館，民國 63
　　　　　年 5 月。
〔註29〕　見蘇文擢《說詩晬語詮評》第 19 頁，臺北：文史哲出版社，民國
　　　　　74 年 10 月。
〔註30〕　見朱任生《詩論分類纂要》第 341 頁，臺灣商務印書館，1971 年 8 月。
〔註31〕　見清・顧嗣立《寒廳詩話》，轉引自吳文治《韓愈資料彙編》，第 1126

茲列舉詩例，考察韓愈詩用典之情形。如〈苦寒〉云：

> 四時各平分，一氣不可兼。隆寒奪春序，顓頊固不廉。太
> 昊弛維綱，畏避但守謙。遂令黃泉下，萌芽天勾尖。草木
> 不復抽，百味失苦甜。凶飆攪宇宙，鋩刀甚割砭。日月雖
> 云尊，不能活烏蟾。羲和送日出，恇怯頻窺覘。炎帝持祝
> 融，呵噓不相炎。而我當此時，恩光何由沾？（《集釋》卷二）

按：〈苦寒〉前二十句，全用《禮記・月令》之典故

〈題合江亭寄刺史鄒君〉云：「窮秋感平分」

　　按：李詳《韓詩證選》云：「宋玉〈九辯〉：『皇天平分四時兮，
　　竊獨悲此凜秋。』」可知韓愈此用《楚辭》之典故。

〈岐山下二首〉云：「丹穴五色羽，其名曰鳳凰。」

　　按：此用《山海經》之典故。

〈君子法天運〉云：「利害有常勢，取捨無定姿。」

　　按：此用《荀子》之典故

〈北極一首贈李觀〉云：「北極有羈羽，南溟有沉鱗。」

〈海水〉云：「海有吞舟鯨，鄧有垂天鵬，苟非鱗羽大，蕩薄不可
　　能。我鱗不盈寸，我羽不盈尺，一寸有餘陰，一泉有餘澤。」

　　按：此暗用《莊子・逍遙遊》之意。

〈孟生詩〉云：「謂言古猶今。」

〈叉魚〉云：「盈車欺故事，飼犬驗今朝。」

　　按：此用《列子》典故

〈送區弘南歸〉：「穆昔南征軍不歸，蠱沙猿鶴伏以飛。」

　　按：此聯用《抱朴子》：「周穆王南征，三軍之眾，一朝盡化；
　　君子為猿為鶴，小人為蟲為沙。」

〈叉魚〉末句：「自可捐憂累，何必強問鴞。」

　　按：此用賈誼〈鵩鳥賦〉

〈陪杜侍御游湘西兩寺獨宿有題一首因獻楊常侍〉云：「翻飛乏羽

頁。臺北：學海出版社，民國 73 年 4 月。

－226－

翼，指摘困瑕玷。」

　　按：此句用曹植〈臨觀賦〉：「俯無鱗以游遁，仰無翼以翻飛。」
　　下句暗指楊憑之抑己。清・陳景雲云：「公自陽山遇赦，僅量
　　移江陵法曹，蓋本道兼使楊憑故抑之。〈贈張功曹〉詩所謂『州
　　家申名使家抑，坎軻祇得移荊蠻。』是也。時韋王之勢方熾，
　　憑之抑公，乃迎合權貴耳。詩中椒、蘭、絳、灌自斥韋王，而
　　指摘瑕玷，蓋謂使家之抑也。」

〈喜雪獻裴尚書〉云：「擬鹽吟舊句，授簡慕前規。」

　　按：上句用《世說新語》：「謝太傅寒雪日內集，公曰：白雪紛
　　紛何所似？兄子胡兒曰：撒鹽空中差可擬。」典故。下句用謝
　　惠連〈雪賦〉：「梁王游於菟園，相如末至，居客之右。俄而急
　　霰零，密雪下，授簡於司馬大夫曰：為寡人賦之。」（李詳《韓
　　詩證選》）

〈劉生〉云：「車輕御良馬力優，咄哉識路行勿休，往取將相酬恩
　　讎。」

　　按：此用《戰國策・魏策》之典故加以節縮。

〈晚泊江口〉云：「二女竹上淚，孤臣水底魂。」

　　按：上句用張華《博物志》：「舜死蒼梧，二妃從之不及，淚下
　　染竹，竹為之斑。」下句用賈誼〈弔屈原文〉：「側聞屈原兮，
　　自沉汩羅。」為兩典併用。

〈送進士劉師服東歸〉云：「猛虎落檻籞，坐食如孤貙。」

　　按：此用司馬遷〈報任安書〉云：「猛虎在深山，百獸震恐；
　　及入檻籞之中，搖尾而求食。」

〈雜詩〉云：「下視禹九州，一塵集毫端。」

　　按：此用《妙法蓮華經》云：「佛告諸比丘：乃往過去無量無
　　邊不可思議阿僧祇劫，爾時有佛，名大通智勝如來。彼佛滅度
　　已來，甚大久遠，譬如三千大千世界所有地種，假使有人磨以
　　為墨，過於東方千國土，乃下一點，大如微塵，又過千國土，

復下一點，如是展轉，盡地種墨，是人所經國土，若點不點，盡抹爲塵，一塵一劫，彼佛滅度已來，復過是數。無量無，邊百千萬億阿僧祇劫，我以如來知見力故，觀彼久遠，猶若今日。」

〈歸彭城〉云：「刳肝以爲紙，瀝血以書辭。」

按：《唐宋詩醇》云：「庾信〈經藏碑〉有『皮紙骨筆』之句，退之雖不喜用釋典，然運化前人詞語，自無嫌也。」錢仲聯〈集釋・補釋〉云：「《大智度論》云：「釋迦文佛本爲菩薩時，魔變作婆羅門而語之言：『我有佛所說一偈，汝能以皮爲紙，以骨爲筆，以血爲墨，書寫此偈，當以與汝。』此公語所本。」

〈縣齊讀書〉云：「投章類縞帶，佇答逾兼金。」

按：此用《左傳》及《孟子》之典故並加以併合。前句用〈左傳・襄公二十九年〉：「（吳季札）聘於鄭，見子產如舊相識，與之縞帶。」後因以縞帶指深厚之友誼。後句用《孟子》：「前日於齊王餽兼金百鎰而不受。」兼金指價值倍於普通金的優質金。韓愈合併兩典，謂：贈於友朋，望其報章也。

〈喜雪獻裴尙書〉云：「擬鹽吟舊句，授簡慕前規。」

按：上句用《世說新語》：「謝太傅寒雪日內集，公曰：白雪紛紛何所似？兄子胡韶曰：撒鹽空中差可擬。」典故。下句用謝惠連〈雪賦〉：「梁王游於菟園，相如末至，居客之右。俄而霰零，密雪下，授簡於司馬大夫曰：爲寡人賦之。」（李詳《韓詩證選》）

〈鄭群贈簟〉云：「明珠青玉不足報」

按：此出自張衡〈四愁詩〉：「美人贈我貂襜褕，何以報之明月珠。」又「美人贈我錦繡緞，何以報之青玉案。」

〈石鼓歌〉云：「珊瑚碧樹交枝柯」

按：此出自班固〈西都賦〉：「珊瑚碧樹，周阿而生。」

〈寄崔二十六立之〉云：「文章自傳道，不仗史筆垂。」

按：此出自曹丕《典論・論文》：「古之作者，寄身於翰墨，見

意於篇籍，不假良史之辭，不託飛馳之勢，而聲名自傳於後。」
〈謁衡岳廟遂宿嶽寺題門樓〉云：「猿鳴鐘動不知曙。」

按：此出自謝靈運〈從巾竹澗越嶺西行〉：「猿鳴誠知曙。」而翻用之。

綜觀上列二十餘例，吾人不難獲知韓愈用典範圍涵蓋經書、史傳、子書、集部，甚至佛典。其主要之用典方式包括正用、反用、明用、暗用、甚至節縮一典以出新義或併合二典以明一意。韓愈所讀之書，飽贍精熟，因能信手取事，如數家珍。其隸事之貼切，用典之縝密，較之老杜，實不遑多讓。

伍、韓詩之託物表意手法

託物表意為韓愈詩慣用之手法。如〈題炭谷湫祠堂〉云：「萬生都陽明，幽暗鬼所寰。嗟龍獨何智？出入人鬼間。」以龍喻幸臣，因此「吁無吹毛仞，血此牛蹄殷。」乃表其對幸臣之嫉恨。再如〈東方半明〉云：「東方向半明大星沒，獨有太白配殘月。嗟爾殘月勿相疑，同光共影須及期。」以大星沒喻德宗晏駕，以太白喻韋執誼，以殘月喻王叔文。諷其時勢已去，更相猜疑。〈送汧州監軍俱文珍〉云：

「沖天鵬翅闊，報國劍鋩寒。」〈北極一首贈李觀〉云：「北極有羇羽，南溟有沉鱗。」〈忽忽〉云：「安得長翮大翼如雲生我身，乘風振奮出六合，絕浮塵。」意象何其鮮明，寓意何其深遠。

韓愈為安慰孟郊失子，在〈孟郊失子〉一詩中，託鳥為喻說了一套孽子不如無子之道理：「鴟鴞啄母腦，母死始翻。」又云：「好子雖云好，未還恩與勤。惡子不可說，鴟梟蝮蛇然。」用心何其良苦，語意何其奇警。再如〈崔十六少府攝伊陽以詩及書見投因酬三十韻〉云：「隔牆聞讙呼，眾口極鵝雁。」以鵝雁之嘎鳴比喻歡呼之聲，令人拍岸叫絕。再如〈送侯參謀赴河中幕〉云：「今君得所附，勢若脫鞲鷹。」〈答崔二十六立之〉云：「安有巢中鷇，插翅飛天陲。」都使

用具體而熟知之事物，喻示抽相之涵義。然而，上述詩例在性質上屬於句法之「譬喻格」，其喻義僅限於該詩句上下文脈絡中，並未成為全詩之表現中心。韓愈另有將「託物表意」手法，施於全詩之作，茲以「託興」、「託諷」二目，各舉詩例詳為說明。

一、託興例

所謂託興，是「託物寄興」。如韓愈〈岐山下〉云：

誰謂我有耳，不聞鳳皇鳴。竭來岐山下，日暮邊鴻驚。丹穴五色羽，其名爲鳳皇。昔周有盛德，此鳥鳴高岡。和風聲隨祥風，窈窕相飄揚。聞者亦何事？但知時俗康。自從公旦死，千載閟其光。吾君亦勤理，遲爾一來翔。（《集釋》卷一）

詩題之岐山據《新唐書・地理志》在鳳翔府扶風郡岐山縣，爲周朝興起之故地。《國語・周語》云：「周之興也，鸑鷟鳴於岐山。」韋昭註云：「鸑鷟，鳳之別名。」又《山海經》第一〈南山經〉云：「又東五百里，曰丹穴之山。其上多金玉，丹水出焉，而南流注於渤海。有鳥焉，其狀如雞，五彩而文，名曰鳳凰。首文曰德，翼文曰義，背文曰禮，膺文曰仁，腹文曰信。是鳥也，飲食自然，自歌自舞，見則天下安寧。」〔註32〕此二段文獻，正是韓愈創作〈岐山下〉之典籍根源。前四句便是針對《國語・周語》而發，後十二句，則就《山海經・南山經》所載寄意。由於前四句韻腳隸屬「庚韻」，後十二句之韻腳隸屬「陽韻」，本詩遂被後人誤爲兩首。可是前四句句意不完整，無法單獨成篇，再者，庚、陽二韻在古音之中可以通協，故以視爲一首爲是。

韓愈滿懷思古之幽情，往來於岐山，期望親聞鳳鳴，奈何不能如願。故曰「誰謂我有耳？不聞鳳凰聲。」然則，所見所聞爲何？曰：「竭來岐山下，日暮邊鴻驚。」原來，非但聽不見鳳鳴，反而只能聽見鴻雁驚叫聲。對照史書，可知吐蕃連歲來犯，邊地十分不靖。因此，「邊鴻驚」之「驚」字，已能傳述塞外風雲之緊急。「丹穴五色羽」

〔註32〕 見袁珂《山海經校註》，第 16 頁，臺北：里仁書局。

以下八句，正寫鳳凰，謂丹穴之山有五色鳥，名曰鳳凰。周朝先祖，德望崇高，此鳥鳴之高岡。而當時之聽者有何感受？但覺時俗美好，庶民安康。然而，眼前之情境卻與記載大相逕庭，因有「自從公旦死，千載閟其光」之感慨。既然今上勤明，或有郅治之望，故以「吾君亦勤理，遲爾一來翔」作結，以表綿綿無盡之期待。值得注意的是本詩前四句，猶視鳳凰為現實存在之物，中間八句之鳳凰已抽離血肉，成為存在於歷史之神物，結八句，則已抽象化，成為望治之象徵。此即韓愈運用「託興」之表現手法所達成之效果。

二、託諷例

　　所謂託諷，是「託物諷刺」，此在韓詩中，運用最為頻繁。茲以〈雜詩四首〉為例析論之。按貞元十九年（西元 803 年）冬，韓愈、劉禹錫、柳宗元經御史中丞李汶之推薦，出任間察御史。是年十二月京畿諸縣天旱人飢，韓愈奏請停徵京兆府稅前及田租，不幸被幸臣所讒，貶為連州陽山令。據宋・方崧卿《韓譜增考》：「德宗晚年，韋王黨已成，韋執誼以恩幸，時時召見問外事，貞元十九年，補闕張正買疏諫他事得召見，與正買相善者數人皆往賀之，王叔文、韋執誼疑其言己朋黨，誣其朋讜，盡譴斥之。意公之出，有類此也。」〔註33〕貞元二○年（西元 804 年），韓愈已擔任陽山縣令，以託諷手法寫下〈雜詩四首〉，抒發內心之不平，並對王韋黨進行毫不留情之譏諷。詩云：

　　　朝蠅不須驅，暮蚊不可拍；蠅蚊滿八區，可盡與相格？得時能幾時，與汝相唼咋。涼風九月到，掃不見蹤跡。
　　　鵲鳴聲楂楂，烏噪聲擭擭。爭鬭庭宇間，持身搏彈射。黃鵠能忍飢，兩翅久不擘。蒼蒼雲海路，歲晚將無獲。
　　　截橑為樽櫨，斲楶以為椽，束蒿以代之，小大不相權。雖無風雨災，得不覆且顚。解轡棄騑驥，塞驢鞭使前。崑崙

────────────

〔註33〕見清・馬曰璐《韓文類譜・韓譜》卷四，粵雅堂叢書本，臺灣商務印書館。

高萬里，歲盡道苦遭，停車臥輪下，絕意於神仙。

雀鳴朝營食，鳩鳴暮覓群。獨有知時鶴，雖鳴不緣身。喑蟬終不鳴，有抱不列陳。蛙黽鳴無謂，閣閣只亂人。（《集釋》卷二）

按宋・魏仲舉《五百家註音辨昌黎先生集》引韓醇曰：

數詩皆諷也。朝蠅暮蚊，以譏小人；烏噪鵲鳴，以譏競進；鶻鶴則公自喻。截橑斲楹，棄驥鞭驢，則以見一時所用，賢否失當也。〔註34〕

韓醇之意見，可謂直指核心，一針見血。關於第一首，由於蚊蠅自古以喻小人，在此自然是指順宗身旁之幸臣，詩中嘲諷之意甚為明顯。宋・范晞文《對牀夜語》曾比較杜甫〈螢火詩〉，以為「疾惡之意一也，然杜微婉而韓急迫。」其說甚有見地。

至於第二首，上半四句謂鵲鳥楂楂而鳴，烏鳥攫攫而噪，二鳥爭鬭於庭宇之間，不惜以身博取獵者之彈丸。下半四句提出另有一隻黃鵠，能忍飢耐渴，久久不飛，因此，在蒼茫之雲海路上，窮盡一載，亦無所獲。宋・魏仲舉《五百家註音辨昌黎先生集》引孫汝聽曰：

蠅蚊烏鵲以喻小人，黃鵠以喻君子。難進易退，故歲晚無獲也。〔註35〕

清・方世舉《韓昌黎詩編年箋註》云：

烏鵲爭鬭，謂韋執誼本為王叔文所引用，初不敢相負，既而迫公議，時有異同。叔文大惡之，遂成仇怨。是自開嫌釁之端也。黃鵠蓋指賈耽，以先朝重望，稱疾歸第，猶冀其桑榆之收也。〔註36〕

清・陳沆《詩比興箋》云：

〔註34〕 見宋・魏仲舉《五百家註昌黎先生文集》卷七，臺灣商務印書館，四庫全書本，第 1074-149 頁。

〔註35〕 同上。

〔註36〕 引自錢仲聯《韓昌黎詩繫年集釋》卷二，第 245 頁，臺北：學海出版社。

> 前四語猶前章之語，末四語乃爲黃鵠冀幸之詞，將無獲者，
> 雖晚而庶幾或可以獲也。〔註37〕

方陳二家就王叔文黨之內爭及賈耽之全身而退來詮釋詩意，確有相當堅實之說服力。揆之《順宗實錄》亦甚近實，韓愈內心縱有無限忿怨不平，但全詩涉及批判色彩者只二句。即「持身博彈射」及「歲晚將無獲」。在一個相互競勝之社會系統中，楂楂而鳴，攫攫而噪，不惜「持身博彈射」地爭奪，往往站在檯面，管領風騷。忍飢不擊，堅持理念者，雲海路上，反而一無所獲。韓愈指陳之事象具有普遍性，因能千載以下，得到後人之共鳴。

至於第三首，魏仲舉《五百家註》引孫汝聽曰：「橑大而榱櫨小，楹大而椽小，今截橑爲榱櫨，斲楹爲椽，失其宜也。是猶君子而居下位也。楹橑既爲榱櫨爲椽，乃束蒿以代橑楹，是猶小人而居君子之位也。」此說固有其價值。然此詩可進一步言之：蚊蠅微賤之物，若居於某種物勢，亦能形成不可相格之力量。但凡物勢，必有剝復、生滅之歷程，一旦物勢盡失，必歸掃滅。至於「束蒿以代橑楹」，「棄騏驥而策蹇驢」，則爲價值顛倒、輕重失所之現象。韓愈認爲此即危疑顛覆、日暮途遠之原因。

再說第四首。前半四句謂痲雀清晨鳴叫覓食，斑鳩晚間鳴叫尋伴；只有識時務之鶴鳥，雖然鳴叫，卻非爲己。後半四句爲另有啞蟬始終叫不出聲，即便心有所感，亦不能表白；而蛙黽卻閣閣噪亂人耳。方世舉認爲此詩：「評諸朝士或默或語，讀救於事。惟韋皋箋表，爲知時而言也。」又據《順宗實錄》爲據，明確指出韓愈託物所指之人名。陳沆《詩比興箋》則渾淪指稱：「此喻四等人也。營食覓群者，但知身謀之小人。有抱不陳者，畏禍自全之庸人。無謂祇亂人者，辯言亂政之小人。」〔註38〕韓愈以雀鳩、鶴鳥、啞蟬、蛙黽之鳴爲喻，

〔註37〕 見清·陳沆《詩比興箋》卷四，第467頁，臺北：藝文印書館，民國59年9月。
〔註38〕 同上。

自有深刻諷刺意味。進一步追索，尚有更深之涵義：

按《太平御覽》引《墨子》曰：「多言有益乎？」墨子曰：「蝦蟆蛙黽，日夜而鳴，舌乾擗，然而人不聽之。今鶴雞時夜而鳴，天下震動。多言何益？唯其言之時也。」韓愈託物諷刺之外，亦借此闡揚〈墨子〉「多言何益？唯其言之時也。」之觀點。「有抱不陳」固然不當，「無謂而鳴」亦非得宜。韓愈固有「物不平則鳴」之論，亦肯定「鳴不緣身，鳴得其時。」

此外，如〈條山蒼〉一詩託「松柏在高岡」，對陽城德行之高，致其崇仰之意；再如〈醉留東野〉云：「低頭拜東野，願得終始如駏蛩。東野不迴頭，有如寸莛撞鉅鐘。吾願身爲雲，東野變爲龍，四方上下逐東野，雖有離別何由逢？」此詩以「駏蛩」喻彼此二人，以「寸莛」喻己，以「鉅鐘」喻孟郊；以「雲」喻己，以「龍」喻孟郊，借此寄託其深厚之情感。設想奇，造句奇，可謂將「託物表意」之手法，發揮得淋漓盡致。

綜觀韓愈詩之創作技法，可謂造語奇變，筆勢縱恣，章法嚴明，託興深遠。韓愈力去陳言，又必以文從字順爲貴。由於筆力強、詩法高，因能無所不達、別開生面，造出雄奇瓌偉之詩境。

第十章　韓愈詩三種風格特徵

　　有關韓詩之整體作風，前賢論述甚夥。如唐・司空圖謂其詩：「驅駕氣勢，若掀雷抉電，捭扶於天地之間，物狀奇怪，不得不鼓舞而徇其呼吸也。」〔註1〕強調韓愈驅駕氣勢之能力。宋・張戒《歲寒堂詩話》卷上謂：「退之詩，大抵才氣有餘，故能擒能縱，顛倒崛奇，無施不可。」〔註2〕肯定韓愈才情之高，故能「姿態橫生，變怪百出」。而清・陳三立在程學恂《韓詩臆說・序》則謂：「韓公詩繼李杜而興，雄直之氣，恢詭之趣，自足鼎峙天壤，模範百世，不能病其以文為詩，而損偏勝獨至之光價也。」〔註3〕其中以「雄直之氣，詼詭之趣」一語，最能道出韓詩之藝術特色。

　　韓詩用事深密，健美富贍，雖因以文為詩而見譏；實則特立獨行、獨樹一幟。其創變之勇，前賢擬如「囊沙背水」，〔註4〕喻為「一洗萬古凡馬空」〔註5〕蘇軾且有「詩之美者，莫如韓退之，然詩格之變自

〔註1〕　見唐・司空圖〈題柳柳州集後〉，錢仲聯《韓昌黎詩繫年集釋》，第1326頁。〈集說〉引，臺北：學海出版社，民國74年1月。
〔註2〕　見宋・張戒《歲寒堂詩話》卷上，丁福保《歷代詩話》本，第458頁，臺北：木鐸出版社，民國77年7月。
〔註3〕　見程學恂《韓詩臆說》序，臺灣商務印書館，民國59年7月。
〔註4〕　見宋・敖孫陶《臞翁詩評》，錢仲聯《韓昌黎詩繫年集釋》，第1329頁。〈集說〉引，臺北：學海出版社，民國74年1月。
〔註5〕　見宋・何谿汶《竹莊詩話》，錢仲聯《韓昌黎詩繫年集釋》，第1329

退之始。」﹝註6﹞之說。足見韓詩體貌、格調之別開生面,獨有千古。然前賢描述韓詩風格,卻用詞不一,謂之「倔奇」者有之,謂之「沉雄」者有之,另有「健崛駿爽」、「雄怪」、「磊落豪橫」等。今人閻琦以「奇崛」作爲韓詩之基本風格,﹝註7﹞亦有以「豪雄」爲韓詩之主要風格,﹝註8﹞皆有可探。以下擬分三節,試爲論析。

壹、奇崛險怪之作風

韓詩奇險風格之形成,有其內在之因素,此即「崇尚奇偉」之性格;亦有其詩法之因素,此即「陳言務去」之創作主張。韓愈〈縣齋有懷〉嘗云:

> 少小尚奇偉,平生足悲吒。猶嫌子夏儒,肯學樊遲稼。事業窺皋稷,文章蔑曹、謝。(《集釋》卷二)

足見襟期之高。其〈上兵部李侍郎書〉亦云:

> 性本好文學,因困厄悲愁,無所告語,得窮究於經傳百家之說,沈潛乎訓義,反復乎句讀,礱磨乎事業,而奮發乎文章。凡自唐虞以來,編簡所存....奇辭奧旨,靡不通達。(《校注》卷二)

足見其才學富,自不肯稍落凡近,而務爲前人所未道。再者,韓愈自謂「不專一能,怪怪奇奇。」(〈送窮文〉)、「陳言務去」;「言必己出,不蹈襲前人一言一句。」(〈樊紹述墓銘〉),韓愈爲文好奇,對詩歌自有極大影響。

復由其詩觀之,如:「窺奇摘海異。」(〈城南聯句〉)、「奸窮變怪得。」(〈送無本師歸范陽〉)、「狂詞肆滂葩,低昂見慘舒。」(〈送無

本師歸范陽〉〉、「我願生兩翅，捕逐入大荒。精誠忽交通，百怪入我腸。」（卷九〈調張籍〉）、「若使乘酣騁雄怪，造化何以當鐫刻。」（〈酬司門盧四兄雲夫院長望秋作〉）、「狂教詩硨矴，興與酒陪鰓。」（〈詠雪贈張籍〉）皆能顯露奇險之趨向。

一、拈取醜怪、離奇之題材入詩

　　韓愈部份詩作刻意逞誕，跡近詭怪。論者常謂之「以醜爲美」，不可爲法。最常見之情形爲拈取醜怪、離奇之題材入詩。如〈譴瘧鬼〉云：「求食嘔泄間，不知臭穢非。」以嘔泄之物入詩，實爲前所未有。再如：〈讀黃甫湜公安池詩書其後〉云：「窮年任智思，掎摭糞壤間。」竟以「掎摭糞壤」爲喻，提醒皇甫湜勿耗心思於無意義之事務。再如〈答孟郊〉云：「弱拒喜張臂，猛拏閒縮爪。見倒誰肯扶，從嗔我須皺。」則竟寫揮拳相打矣，未免太俗。再如〈元和聖德詩〉云：「解脫攣索，夾以砧斧。婉婉弱子，赤立傴僂，遷頭曳足，先斷腰臀。次及其徒，體骸撐拄。末乃取闢，駭汗如寫。揮刀紛紜，急刲膾脯。」此敘劉闢以叛亂被擒，舉家就戮之慘狀。再如〈陸渾山火〉、〈月蝕詩〉、〈嘲鼾睡〉均以題材之醜怪、離奇著稱。茲以〈嘲鼾睡二首〉爲例，詳爲析論。詩云：

> 澹師晝睡時，聲氣一何猥。頑飆吹肥脂，坑谷相岧嵼。雄咆乍咽絕，每發壯益倍。有如阿鼻尸，長喚忍眾罪。馬牛驚不食，百鬼聚相待。木枕十字裂，鏡面生痱瘰。鐵佛聞皺眉，石人戰搖腿。孰云天地仁？吾欲責真宰。幽尋虱搜耳，猛作濤翻海。太陽不忍明，飛御皆情息。乍如彭與鯨，呼冤受菹醢。又如圈中虎，號瘡兼吼餒。雖令伶倫吹，苦韻難可改。雖令巫咸招，魂爽難復在。何山有靈藥？療此願與採。

> 澹公坐臥時，長睡無不穩，吾嘗聞其聲，深慮五藏損。黃河弄潰瀑，梗澀連拙鯀。南帝初奮槌，鑿竅泄渾沌。迴然忽長引，萬丈不可忖。謂言絕於斯，繼出方袞袞。幽幽寸

喉中，草木森苯蓴。盜賊雖狡獪，亡魂敢窺闞。鴻蒙總合
雜，詭譎騁戾狠。乍如鬭呶呶，忽若怨懇懇。賦形苦不同，
無路尋根本。何能堙其源？惟有土一畚。（《集釋》卷六）

此詩作於憲宗元和二年冬，時韓愈以國子博士分司洛陽。韓愈〈送諸
葛覺往隨州讀書〉詩韓醇注云：「諸葛覺，或云即澹師。公逸詩有〈嘲
鼾睡〉二首，即爲此人作。」何焯《義門讀書記》云：「諸葛覺，貫
休集中作鈺。其〈懷鈺詩〉有『出山因覓孟，踏雪去尋韓。』注云：
『遇孟郊、韓愈於洛下。』又注云：『諸葛覺曾爲僧，名澹然。』」錢
仲聯《韓昌黎詩繫年集釋》考出〈懷鈺詩〉不是貫休之作。然而由此
可略知澹師之生平。

　　第一首「澹師晝睡時」二句，總提澹師晝睡之猥鄙。以下即連用
數喻形容之。其中「頑飆」二句，謂鼾聲有若頑飆，疾吹肥脂；有若
坑谷，眾石危立。「雄哮」二句，謂鼾聲有若豕之驚叫，乍而咽絕，
再發則益高。「有如」四句則以地獄爲喻，謂其睡態有如待罪地獄之
阿鼻尸，任由羅刹吞噉。然阿鼻獄中之馬牛百鬼，皆驚而不食，相聚
以待。「木枕」四句，更以夸飾筆法謂木枕爲鼾聲震裂，鏡面因鼾聲
而增生痱瘤。鐵佛聞聲皺眉，石人聞聲腿顫。澹師晝寢，鼾聲如此驚
天動地，韓愈不免大興天地不仁之感，故曰：「孰云天地仁？吾欲責
眞宰。」自「幽尋」句以下，繼就鼾聲大加嘲弄。謂鼾聲細小時，如
風之搜耳；鼾聲大作時，則若濤之翻海。太陽爲之晦暗，日御爲之惰
怠。又謂其聲忽如彭越、鯨布受葅醢時之呼冤，忽如圈中受瘡之餒虎，
吼嘯叫號。「雖令」四句，謂雖有伶倫之能，無以改其苦韻；即令巫
咸招魂，亦難促其精爽復反。最後以「何山有藥，願採療之」作結。

　　第二首「澹公坐臥時」二句，謂澹師特富異能，坐臥皆能穩睡。
「吾嘗」二句深憂其五臟受損。以下又連用數喻形容之。其中「黃河」
二句，謂澹師鼾睡之聲勢，有若黃河潰瀑，任何人欲梗止之，必如令
鯀治水般枉然。「南帝」二句，謂南海之帝，奮槌鑿竅，混沌因此而
死。韓愈蓋以此戲喻冒然止其鼾睡之危險。「迥然」四句戲謂澹師鼾

睡時忽而一氣長引，有若萬丈之深，不可忖度，令人屏息以待。忽而
一氣回反，眾人方敢出言，蓋澹師無氣絕之虞也。以上四句用意之妙，
令人噴飯。「幽幽」二句，謂澹師幽幽寸喉之中，似有草木繁生之空
間。「盜賊」二句，則戲謂以盜賊之狡獪，亦聞聲亡走，不敢闚闖。
此蓋大化鴻蒙，合雜萬物，自有詭譎奇怪之士，以驅騁戾狠不從之人。
「乍如」二句，戲謂澹師之鼾聲如人之言語，忽而呶呶相爭，忽若懇
懇輸誠。「賦形」二句，謂造物賦形各有其源，澹師之鼾睡，何以如
此與眾不同，亦難究詰矣。最後，以無奈而嘲戲之語氣謂：何以堙塞
此一異物？亦惟一畚墳土而已矣。

　　此詩題材特殊，大量引用稀奇古怪之事物，戲嘲澹師。設想之奇，
造語之險，堪稱一絕。韓詩之奇險風格，由此可見一斑。

二、違情悖理之意念表現

　　韓愈另有一些作品，以內涵違情，或意念悖理，而呈現奇險之風
格。如：韓愈〈感春四首之二〉云：「皇天平分成四時，春氣誕漫最
可悲。雜花粧林草蓋地，白日座上傾天維。蜂喧鳥咽留不得，紅萼萬
片從風吹。豈如秋霜雖慘冽，摧落老物誰惜之？」前人多悲秋之說，
此處翻案，意指：不如春天之時，美好事物受摧殘之可悲。再如：〈鄭
群贈簟〉云：「倒身甘寢百疾瘉，卻願天日恆炎曦。」因竹簟實在可
愛，竟然祈願天不退暑，以便長臥此簟。再如〈雙鳥詩〉更是一首奇
詭費解之作。詩云：

> 雙鳥海外來，飛飛到中洲。一鳥落城市，一鳥集巖幽。不
> 得相伴鳴，爾來三千秋。兩鳥各閉口，萬象銜口頭。春風
> 卷地起，百鳥皆飄浮。兩鳥忽相逢，百日鳴不休。有耳聒
> 皆聾，有舌反自羞。百舌舊饒聲，從此恆低頭。得病不呻
> 喚，泯默至死休。雷公告天公，百物須膏油，自從兩鳥鳴，
> 聒亂雷聲收。鬼神怕嘲詠，造化皆停留。草木有微情，挑
> 抉示九州。蟲鼠誠微物，不堪苦誅求。不停兩鳥鳴，百物
> 皆生愁；不停兩鳥鳴，自此無春秋；不停兩鳥鳴，日月難

旋蛰；不停兩鳥鳴，大法失九疇。周公不爲公，孔丘不爲
丘。天公怪兩鳥，各捉一處囚。百蟲與百鳥，然後鳴啾啾。
兩鳥既別處，閉聲省怨尤。朝食千頭龍，暮食千頭牛；朝
飲河生塵，暮飲海絕流。還當三千秋，更起鳴相酬。(《集釋》
卷七)

宋·呂大防〈韓吏部文公集年譜〉將此詩繫於元和六年（西元 811 年），
是年韓愈入朝爲職方員外郎。除〈雙鳥詩〉之外，前有〈毛穎傳〉，
後有〈送窮文〉，都是狡獪變化，奇險詭異之作。〈雙鳥詩〉就結構而
言，可分四段：自「雙鳥海外來」至「萬象銜口頭」爲第一段，自「春
風卷地起」至「泯默至死休」爲第二段，自「雷公告天公」以下二十
句，至「孔丘不爲丘」爲第三段，「天公怪兩鳥」以下十二句，爲第
四段。第一段以平敘語句，敘雙鳥來自海外，一落城市，一巢山林。
不能相伴而鳴，至今已三千年。兩鳥各自閉口，但是宇宙萬象，皆含
在口頭。第二段以夸飾語句敘春風卷地而起，百鳥皆飛翔起來，兩鳥
忽又相逢，整整鳴叫百日。有耳者皆被聒噪欲聾，有舌者都自感不如。
百舌鳥素來愛鳴，自此低頭，默不作聲。生病亦不呻吟，沈默至死。
第三段更爲離奇，拈出天公與雷公兩位神話人物，敘雷公上告天公：
世間百物，皆需膏油滋潤，自兩鳥鳴叫不止，聒噪擾亂，使雷聲收歇，
無法再鳴。鬼神懼其諷笑，造化亦爲之停留。草木間之微妙情愫，皆
爲其挑抉而出，宣之大地；蟲鼠誠爲微物，亦不堪其誅責。若不制止
鳥鳴，百物皆爲之生愁。若不制止鳥鳴，從此不能分辨春秋，甚至日
月難以運轉，天地失去大法，周公不成爲「公」，孔丘不能是「丘」。
以上是雷公控訴雙鳥之訟詞，故意誇大雙鳥之罪行，比擬跡近不倫。
實則正言若反，適爲對雙鳥最高之抬舉。第四段敘天公按責降罪，各
捉一鳥分開囚禁，百蟲百鳥然後才敢啾啾鳴叫。兩鳥分開居處，斂聲
自省，清晨吃掉千隻龍，晚上吃掉千頭牛；日飲河水，使黃河爲之乾
涸生塵；夜飲海水，使海水絕去水流，復爲陵陸。至少三千年後，方
能聚鳴唱酬。末段神話色彩更濃，所謂食龍食牛，飲河飲海，皆非鳥

之能事。而雙鳥竟然如此，可知韓愈是刻意誇大，且誇大至極，以顯示雙鳥之神奇。

　　但是韓愈作此一則看似荒誕之神話，究竟用意何在？雙鳥究竟指謂什麼？前賢有種種詮釋。宋・柳開〈雙鳥詩解〉洋洋一千四百字之論文，認爲：「雙鳥」就是指「釋老」。宋・葉夢得《石林詩話》亦云：「韓退之〈雙鳥詩〉，殆不可曉，頃嘗以問蘇丞相子容云：『意似是指佛、老二學。』以其終篇本末考之，亦或然也。」〔註9〕柳氏之說太過穿鑿附會難以讓人信服。如宋・葛立方《韻語陽秋》卷六即曾反詰：「前云：『一鳥落城市，一鳥集巖幽』後云『天公怪兩鳥，各捉一處囚』則豈謂釋老耶？」〔註10〕此外，宋・張表臣《珊瑚鉤詩話》卷一主張「雙鳥指「李杜」。〔註11〕宋・葛立方《韻語陽秋》云：

> 所謂「不停兩鳥鳴」等語，乃雷公告天公之言，甚辭以讚二鳥爾。「落城市」退之自謂；「集巖幽」謂孟郊輩也。「各捉一處囚」，非囚禁之囚，止言韓孟各居天一方爾。末云：「還當三千秋，更起鳴相酬」謂賢者不當終否，當有行其言者。〔註12〕

宋・朱熹《昌黎先生集考異》卷第二云：

> 今按釋老、李杜之說亦未然，舊嘗竊意此但爲己與孟郊作耳。「落城市」者，己也；「集巖幽」者，孟也。初亦不能無疑，而近見葛氏《韻語陽秋》已有此說矣讀者詳之。〔註13〕

亦同葛氏之說，雙鳥喻指韓孟遂成定論。元和時期，遊於韓愈門下文士不少，惟對孟郊最爲心折。孟郊比韓愈年長十七歲，詩風與韓愈相

〔註9〕　見宋・葉夢得《石林詩話》卷上，吳文治《韓愈資料彙編》，第196頁，臺北：學海出版社，民國73年4月。

〔註10〕　見宋・葛立方《韻語陽秋》卷六，清・何文煥《歷代詩話》，第535頁，臺北：木鐸出版社，民國71年2月。

〔註11〕　見宋・張表臣《珊瑚鉤詩話》卷一，清・何文煥《歷代詩話》，第459頁。臺北：木鐸出版社，民國71年2月。

〔註12〕　同註10。

〔註13〕　見宋・朱熹《昌黎先生集考異》第五十八頁，上海古籍出版社據山西祁縣圖書館藏宋本景印，1985年2月。

近。〈薦士〉詩中，韓愈歷敘詩歌源流，自〈三百篇〉之後，漢魏止取蘇、李、建安七子，六朝止取鮑、謝，唐以來，止取陳子昂、李白、杜甫，然後繼以孟郊，可知韓愈推譽之高。〈醉留東野〉云：「昔年因讀李白杜甫詩，常恨二人不相從。吾與東野生並世，如何復躡二子蹤？」又云：「吾願身爲雲，東野變爲龍。四方上下逐東野，雖有離別無由逢。」可見韓愈曾把自己與孟郊比成李白、杜甫。由此亦不難了解〈雙鳥詩〉：「一鳥落城市，一鳥集巖幽。不得相伴鳴，爾來三千秋。」之喻意。由於兩人相見不易，見則必聯句賦詩，相互競勝，故謂：「兩鳥忽相逢，百日鳴不休。」再者，韓愈既已稱揚孟郊「文字覰天巧」（〈答孟郊〉）、「東野動驚俗，天葩吐其芬」（〈醉贈張祕書〉），則〈雙鳥詩〉：「雷公告天公」不過是改換一種筆調，標榜自己與孟郊在詩歌境界上之開創與影響而已。此外，韓愈將不能與孟郊常相過從歸於天意，故謂「天公怪兩鳥，各捉一處囚」，既然各居一方是天意，亦惟各本才分，廣收博納，勤鍊詩藝，以待他日相會，一較高下。故曰：「朝食千頭龍，暮食千頭牛；朝飲河生塵，暮飲海絕流。還當三千秋，更起鳴相酬。」總之，此詩風格之奇詭，緣於比擬違常，令人難以把握。按之韓孟往來之詩文，方能突破翳障，妙契詩意。詩中反覆以「鳥鳴」爲言，可視爲〈送孟東野序〉另一種表達方式。

貳、豪橫雄放之風格

除奇崛險之怪外，韓詩最大之風格特徵爲豪橫雄放。蘇軾〈讀孟郊詩〉云：「要當鬭僧清，未足當韓豪。」又《東坡題跋》評韓柳詩云：「柳子厚詩，在陶淵明下，韋蘇州上；退之豪放奇險則過之，而溫麗靖深不及也。」（註14）正以「豪」字論韓。此外，劉熙載《藝概・詩概》云：「『若使乘酣騁雄怪』，此昌黎〈酬盧雲夫望秋作〉之句也。

〔註14〕 見宋・蘇軾《東坡題跋》卷二，轉引自吳文治編《韓愈資料彙編》第150頁，臺北：學海出版社，民國73年4月。

統觀昌黎詩，頗以雄怪自喜。」〔註15〕又夏敬觀〈說韓〉云：

　　蘇子由云：「唐人詩當推韓杜，韓詩豪，杜詩雄。然杜之雄
　　亦可以兼韓之豪也。」予以爲退之詩不止於豪，自亦有杜
　　之雄在。且雄、豪皆不足以盡子美、退之之詩也。〔註16〕

夏氏以「雄豪」論韓詩風格，最爲切近實情。蓋韓詩之「瀾翻洶湧，
滾滾不窮」，「姿態橫生，變怪百出」正爲雄放之展現。而豪橫雄放風
格之形成，有種種因素，要而言之，不外以古文章法成詩，以盤硬奇
警之語句措辭，又運以出人意表之想像所致也。

一、古文章法之運用

　　韓愈五七言古詩，不但陳意高深，又善以古文章法成詩。起處不
可逆料，接處離合頓宕，結處奇思壯采，耐人吟諷。詩中或夾以世俗
情態、盛衰感慨、哀樂窮通、或諷諫嘲諧之多樣內涵，此所以能開出
雄偉壯闊之詩境。茲舉數例說明之：

　　如：〈此日足可惜一首贈張籍〉爲長達一百四十句之五古長篇。
主要內容在追述與張籍結交經過及如今相別之情。中間又插敘韓愈擔
任考官，張籍應考、董晉之喪、汴州之亂、乘船離汴州、徐州相逢等
複雜情節，誠如《唐宋詩醇》所云：「其中歷敘己之崎嶇險難，意境
紆折，時地分明，摩刻不傳之情，并覶縷不必詳之事，倥傯雜沓，眞
有波濤夜驚，風雨驟至之勢。若後人爲之，鮮有不失之冗散者。須玩
其勁氣直達處，數十句如一句。尤須玩其通篇章法，摶抏操縱，筆力
如一髮引千鈞，庶可神明於規矩之外。」〔註17〕此詩語勢健勁，無任
何對偶，淋漓盡致，卻不覺冗雜，不能說不是完密之章法結構所致。

　　又〈赴江陵途中寄贈三學士詩〉亦爲長達一百四十句之五古長

〔註15〕　見清・劉熙載《藝概・詩概》，第63頁，臺北：華正書局，民國74
　　　　　年6月。
〔註16〕　見夏敬觀《唐詩說》，第77頁，臺北：河洛圖書出版社，民國64
　　　　　年12月。
〔註17〕　見清高宗御選《唐宋詩醇》卷二十八，臺灣：中華書局版第四冊，
　　　　　第796頁。

篇，作於永貞元年十月由衡州至潭州途中，寄贈之對象爲王涯、李建、李程。詩由昔日被放陽山令說起，詳細回顧當年京師亢旱，奏請朝廷寬免京兆府稅錢及田租，卻反被貶謫之經過。中間插敘連州之落後、貧瘠，及嗣皇登基，王、韋黨失勢之情形，最後頌揚三人，寄望其牽復援引。此詩敘次詳密，章法嚴明。敘饑荒及離別兩段，眞切懇惻。格調與杜甫〈北征〉不相上下，展現韓愈一貫之豪雄。

復以七言古詩而論，〈謁衡嶽廟遂宿嶽寺題門樓〉一詩，屬於典重大題，風格用韻，都有極詣。融合寫景、敘事、抒情爲一體，意境開闊，章法井然。惻怛之忱，正直之操，全在詩中表露。沈德潛《唐詩別裁集》將本詩視爲「橫空盤硬語，妥貼力排奡」之典範。程學恂《韓詩臆說》以此詩爲「七古中第一。」其得力之處，正在以古文章法成詩。韓愈七言古詩中，〈劉生〉、〈李花贈張十一署〉、〈贈崔立之評事〉、〈送區弘南歸〉都與此相類。茲再以〈劉生〉爲例析論之。按〈劉生〉詩云：

> 生名師命其姓劉，自少軒昂非常儔。棄家如遺來遠游，東走梁宋暨揚州。遂凌大江極東陬，洪濤春天禹穴幽。越女一笑三年留，南逾橫嶺入炎洲。青鯨高磨波山浮，怪魅炫耀堆蛟虯。山獰謹諜狌狌愁，毒氣爍體黃膏流；問胡不歸良有由。美酒傾水禽肥牛，妖歌慢舞爛不收，倒心迴腸爲靑眸。千金邀顧不可酬，乃獨遇之盡綢繆。瞥然一餉成十秋，昔鬒未生今白頭。五管徧歷無賢侯，迴望萬里還家羞。陽山窮邑惟猿猴，手持釣竿遠相投。我爲羅列陳前修，芟蒿斬蓬利鋤耰。天星迴環數繞周，文學穰穰困倉稠，車輕御良馬力優，咄哉識路行勿休，往取將相酬恩讎。

詩中之劉師命爲奇特之士，浪跡天下，在貞元二十年前後至陽山訪韓愈。韓愈採樂府古題〈劉生〉爲題，作詩贈之。本詩以古文筆調，敘劉師命自幼磊落不平，棄家遠游各地之情景。謂其東走宋州，來至揚州；凌越大江，遠抵越州。洪濤拍天之大海，夏禹治水之遺跡，皆曾尋訪。越女一笑，遂留住三年。然後逾越五嶺，進入南方。「青鯨高

磨」四句，以極端凝鍊雕琢之文筆，描寫其劉生在南方所見之奇獸異象。如青鯨之高磨天際，大波之如山翻騰，魑魅精怪之眩惑行人，蛟蜃虯龍之成堆積聚，山獠喧噪，猩猩愁鳴；更有那山嵐毒癢，爍人體骸，化出膏油。種種奇事，皆所親歷。韓愈在此，摹寫一片蠻荒景象，實則正是自身之經歷。「問胡不歸」六句，筆鋒逆轉，寫劉生久游不歸之原因。原來美酒、禽肉、妖歌、慢舞，固是目不暇收；而其傾心迴腸，只爲一明眸女子。多人不惜千金邀顧，但此女獨遇劉生，與其纏綿繾綣。「瞥然一餉」二句，承上啓下，爲劉生之虛耗光陰致慨。而嶺南五管（廣、桂、容、邕、安南）皆已徧歷，無賢侯可依，山川萬里，亦羞於還家。「陽山窮邑」四句，敍劉生手持釣竿，前來陽山相見。韓愈懇切勸勉劉師命效法前賢，芟蒿斬蓬，努力進修。「天星迴環」五句，敦勸劉生子早日歸去求官。謂劉生在陽山一年，已作品甚豐，因此以車爲喻，勸其趁車輕，御良，馬力強健之時，勇往求仕，泯除恩讎。劉生原爲無拘檢之人，入炎州十年，徧歷五管，困窮不能還家，而來陽山相訪。其胸懷磊落，不失爲可取，因勸以求仕，全篇章法嚴明，字句拗鍊，氣勢尤爲雄直，頗能顯現韓詩之風格特色。

二、盤硬奇警之措辭

　　韓愈以新意清詞易陳言熟意，總是經過千錘百鍊而成。盤硬奇警之措辭，正是韓詩之本色。〈盧郎中雲夫寄示送盤谷子詩兩章歌以和之〉云：「開緘忽覩送歸作，字向紙上皆軒昂。」〈薦士〉云：「橫空盤硬語，妥貼力排奡」正是韓詩之寫照。清・趙翼《甌北詩話》云：

> 盤空硬語，須有精思結撰。若徒得掎摭奇字，詰曲其詞，務爲不可讀，以駭人耳目，此非眞警策也。昌黎詩如〈題炭谷湫〉云：「巨靈高其捧，保此一掬慳。」謂湫不在平地，而在山上也。「吁無吹毛刃，血此牛蹄殷。」謂時俗祭賽此湫龍神，而己未具牲牢也。〈送無本師〉云：「鯤鵬相磨琢，兩舉快一啖。」形容其詩力之豪健也。〈月蝕詩〉云：「帝箸下腹嘗其膰。」謂烹此食月之蝦蟇，以享天帝也。思語

俱奇，眞未經人道。〔註18〕

試看：

〈征蜀聯句〉云：「旆亡多空杠，軸折鮮聯轄。劅膚浹瘡痍，敗面
碎剢刮。」

〈征蜀聯句〉云：「聖靈閔頑嚚，燾養均草蔡。下書遏雄唬，解醉
弔攣瞎。」

〈南山詩〉云：「攀援脫手足，蹭蹬抵積甃。茫如試矯首，塯塞生
恟憀。」

〈陸渾山火〉云：「齒牙嚼齧舌齶反，電光擘磚礧目暖。」

〈月蝕詩效玉川子〉云：「於菟蹲於西，旗旄衛氄毿。」

韓愈詩集中，類似此種盤硬之句，只是令人牙齒打結，可謂毫無意義。
再如：〈山南鄭相公樊員外酬答爲詩其末咸有見及語樊封以示愈依賦
十四韻以獻〉云：

> 梁維西南屏，山屬水刻屈。稟生肖勤剛，難諧在民物。榮
> 公鼎軸老，烹幹力健倔。帝咨女予往，牙纛前坒堁。咸風
> 挾惠氣，蓋壤兩劀拂。茫漫筆墨間，指畫變恍欻。誠旣富
> 而美，章彙霍炳熭。日延講大訓，龜判錯袞黼。樊子坐賓
> 署，演孔刮老佛。金春撼玉應，厥臭劇蕙鬱。遺我一言重，
> 跽受惕齋慄。詞慳義卓闊，呀豁急捂掘。如新去耵聹，雷
> 霆逼飅颭。綴此豈爲訓，俚言紹莊屈。（《集釋》卷八）

此詩通首盤硬之語，甚爲苦澀，無甚意味可言。程學恂《韓詩臆說》
云：「公稱紹述著文最富，而其詩之傳於世者寥寥。畢竟詰屈聱牙，
有意逞奇，非取安也。此詩即全橅其格，詞誠慳而義誠常也殊不見精
奧處。」〔註19〕但是，諸如〈送無本師歸范陽〉、〈病中贈張十八〉、〈苦
寒〉等詩，卻能以盤硬鑱刻之語句，奇肆幽怪之內容，展現豪雄健崛

〔註18〕 見清・趙翼《甌北詩話》卷三，郭紹虞編《清詩話續編》，第 1164
　　　　頁，臺北：木鐸出版社，民國 72 年 10 月。
〔註19〕 見程學恂《韓詩臆說》，第 39 頁，臺灣：商務印書館，民國 59 年 7
　　　　月。

之詩風。茲再以〈送無本師歸范陽〉一詩爲例，詳爲析論之。詩云：

> 無本於爲文，身大不及膽。吾嘗示之難，勇往無不敢。蛟
> 龍弄角牙，造次欲手攬。眾鬼囚大幽，下覷襲玄窞。天陽
> 熙四海，注視首不頷。鯨鵬相摩窣瘞，兩舉快一噉。夫豈
> 能必然，固已謝黯黮。狂詞肆滂葩，低昂見舒慘，姦窮變
> 怪得，往往造平淡。風蟬碎錦纈，綠池披菡萏。芝英擢荒
> 榛，孤翮起連茹。家住幽都遠，未識氣先感。來尋吾何能，
> 無殊嗜昌歜。始見洛陽春，桃枝綴紅糝。遂來長安里，時
> 卦轉習坎。老懶無鬭心，久不事鉛槧。欲以金帛酬，舉室
> 常顑頷。念當委我去，雪霜刻以憯。獰飆攪空衢。天地與
> 頓撼。勉率吐歌詩，尉女別後覽。（《集釋》卷七）

按本詩作於元和六年冬，時韓愈在長安，任職方員外郎。無本即賈島，
范陽人。初爲佛徒，既來東都，韓愈教以爲文之道，遂還俗。《劉賓
客嘉話錄》所載「鳥宿池中樹，僧敲月下門」之故事，洪興祖、樊汝
霖已辨其烏有。由本詩可知無本及韓愈之交誼和詩藝。

　　本詩分爲前後兩幅，前幅以無本詩藝爲主眼，後幅則以兩人之情
誼爲重心。起首「無本」四句，謂其膽氣大筆力強，任何難題皆能創
作。「蛟龍」以下八句，喻其大膽捕捉神奇變怪之境界，句法則刻意
夸飾創新。「蛟龍弄角牙，造次欲手攬」，謂蛟龍掉弄角牙，而無本敢
於歛置手中。「眾鬼囚大幽，下覷襲玄窞」謂眾鬼囚於大幽，而無本
敢於伺視究竟。「天陽熙四海，注視首不頷」，謂天陽熙照四海，而無
本敢於凝視不頷。「鯨鵬相摩窣，兩舉快一噉。」謂鵬鳥摩天，鯨魚
瘞海，兩者盡爲無本噉食。以上八句，即下文所謂「姦窮變怪」，目
的在讚美無本作詩之膽大。「夫豈能必然，固已謝黯黮。」謂人皆疑
無本何能如此，而無本之作，自是昭然不昧。「狂詞」四句，謂無本
之詩，狂詞滂沛，繽紛如葩，低昂之間，能見陰陽慘舒，更難得者：
能由極端變怪，歸於平淡。「風蟬」四句，即寫其詩境平淡一面。其
中「風蟬碎錦纈」謂如蟬翼錦纈，遭風則碎；「綠池披菡萏」謂如綠
池之中，披列菡萏；「芝英擢荒榛」謂如拔擢芝英，於荒榛之中；「孤

翩起連茭」謂如孤鳥矯起於叢葦之間。以上十句，表面句句贊美無本詩之造境，實句句有韓愈自身之示意作用。

　　自「家住幽都遠」以下為後幅，首二句謂無本原籍河北，始未熟識，而趣味相投。「來尋」二句，為韓愈自謙之辭。「始見」四句，謂初見於洛陽，而於今多再聚於長安。「老懶」四句，謂己老來慵懶，久不為文。若欲以文章搏取金帛，必使舉家飢貧。「念當委我去」之句為作別，以多雪之景語暗示沉懣遺憾之感。韓愈以文學影響無本，促成無本還俗，成為中唐時期重要詩人。韓愈在此詩中盛贊無本之詩藝，大量使用盤硬變怪字眼以塑造豪雄奇崛之境界，可見無本作詩之甘苦，皆韓愈所親歷，兩人相知相惜之原因亦在此。

三、出人意表之想像

　　韓愈另有一些詩作，不用盤硬奧澀之措辭，而是運以出神入化之想像，仍然磊落豪橫、挫籠萬有。如〈游青龍寺贈崔大補闕〉對寺中之紅柿樹如此描述：

> 友生招我佛寺行，正值萬株紅葉滿。光華閃壁見鬼神，赫
> 赫炎官張火傘。燃雲燒樹大實駢，金烏下啄賴虬卵，魂翻
> 眼倒忘處所，赤氣沖融無間斷。有如流傳上古時，九輪獨
> 照乾坤旱。（《集釋》卷五）

此段詠柿葉之紅。謂光華之璀燦，如火神祝融之高張火傘；柿實駢列，如燃雲燒樹，即令神鳥下啄虬卵，亦為之魂翻眼倒，渾忘所處；日光之交映，持續不斷；一如上古十日並出、九輪照燭，乾坤亢旱之狀。
再如〈雜詩〉云：

> 獨攜無言子，共昇崑崙顛。長風飄襟裾，遂起飛高圓。下
> 視禹九州，一塵集毫端。（《集釋》卷一）

此不但使用〈妙法蓮華經〉、〈大方廣佛華嚴經〉之典故，而且有老杜「盪胸生層雲，決眥入飛鳥。」之胸襟與眼界，見地甚高，想像出奇。
再如〈石鼓歌〉云：

> 公從何處得紙本，毫髮盡備無差訛。辭嚴義密讀難曉，字

　　　　體不類隸與科。年深豈免有缺畫，快劍斫斷生蛟鼉。鸞迹
　　　　鳳舞眾仙下，珊瑚碧樹交枝柯。金繩鐵索鎖紐壯，古鼎躍
　　　　水龍騰梭。(《集釋》卷七)

韓愈在此以「利劍砍劈蛟鼉」、「鸞翔鳳舞，群仙將下」及「珊瑚碧樹，
枝柯相交形容石鼓文之字形，想像詭譎出奇，令人嘆爲觀止。最後又
以金繩鐵索，綑縛古鼎，自水中扯出水面，蛟龍騰躍，形容石鼓文字
形之盤屈。以上四句全以超凡之想像，構成瑰奇豪雄之氣勢。再如〈答
張道士寄樹雞〉云：

　　　　軟濕青黃狀可猜，欲烹還喚木盤迴。煩君自入華陽洞，直
　　　　割乖龍左耳來。(《集釋》卷八)

竟以華陽洞中，乖龍左耳喻松樹上之大菇，實在設想超妙，豪氣懾人。
再如〈調張籍〉云：

　　　　夜夢多見之，晝思反微茫。徒觀斧鑿痕，不矚治水航。想
　　　　當施手時，巨刃磨天揚。垠崖劃崩豁，乾坤擺雷硠。(《集釋》
　　　　卷九)

以夏禹疏鑿山峽比擬李杜之下筆爲文，以高度之想像能力，設想巨斧
一揮，垠堐分裂，參天巨石，搖落谷底，發出如雷巨響。這種化虛爲
實之手法，雖非韓愈之獨創，然就比擬之巧、氣氣勢之雄、造語之奇
而言，韓愈堪稱獨步。

　　韓愈詩之想像幅度甚寬廣，運用想像以造成豪雄健崛之風格者，
尚有〈記夢〉之描寫夢遊仙境；〈嘲鼾睡〉之描述地獄景象；〈和虞部
盧四汀酬翰林錢七徽赤藤杖歌〉以神話人物描寫藤杖；〈雙鳥詩〉、〈苦
寒〉、〈讀東方朔雜事〉都因神話、寓言人物入詩，而別具剛健瑰偉之
風格特色。

參、古雅沖淡之格調

一、不假修飾，古雅沖淡

　　韓愈嘗云：「奸窮變怪得，往往造平淡。」(〈送無本師歸范陽〉)

又謂：「至寶不雕琢，神功謝鋤耘。」（〈醉贈張秘書〉），因此韓詩在「奸窮變怪」之外，另有一種「古雅沖淡」之詩境。這一類風格，以早年所作之古體詩表現最爲明顯。如：

〈條山蒼〉云：

條山蒼，河水黃。浪波沄沄去，松柏在高岡。（《集釋》卷一）

此爲韓愈十九歲之作品，用辭簡淨，寄興悠遠。意謂：蒼者自高，黃者自濁；但見波濤滔滔東逝，惟獨松柏挺立高岡。此詩雖爲尋常寫景，由其選取景物之角度，卻隱隱浮現韓愈一生之氣概。再如〈忽忽〉云：

忽忽乎余未知生之爲樂也，願脫去而無因。安得長翮大翼
如雲生我身，乘風振奮出六合，絕浮塵。死生哀樂兩相棄，
是非得失付閒人。（《集釋》卷一）

此爲貞元十五年在徐州任節度推官時作。雖爲自傷之作，卻能展現無限磅礴之氣勢，與李白歌行之情調相類。再如〈馬厭穀〉、〈汴州亂〉、〈夜歌〉等詩，韓愈或以單純之襯託，或以簡單之比擬，或者僅以直陳之手法，抒情寫物，序志言事；不縱肆，不矜張，不涉奇詭盤硬，自有古雅沖淡之美。這些作品，與《詩經》、《楚辭》、漢魏古詩之關係至爲密切。本文第五章已作討論，茲不贅述。

除古體詩之外，韓愈部份律絕之作亦有類似之風格。如〈落葉一首送陳羽〉云：

落葉不更息，斷蓬無復歸，飄颻終自異，邂逅暫相依。悄
悄深夜語，悠悠寒月輝，誰云少年別？流淚各霑衣。（《集釋》
卷一）

此爲貞元七年韓愈與好友陳羽相別而作。此詩首句對仗，論者視爲拗律。首聯以樹葉與斷蓬喻相別。頷聯寫短暫相聚，瞬將各奔一方。頸聯情景交融，襯託離別之氣氛。尾聯翻案，謂少年之別情，誰日不深？蓋兩人都已淚濕衣襟矣。此詩不假雕琢，卻能情韻綿邈，令人耳目一新。再如〈題楚昭王廟〉云：

丘墳滿目衣冠盡，城闕連雲草樹荒。猶有國人懷舊德，一
間茅屋祭昭王。

此爲弔古之作，所弔之對象是楚昭王，其陵墓在宜城。貞元十四年 2 月，韓愈時貶潮州，道經此地，因作此詩。本詩前半寫景，後半寄慨。措辭簡淨，意味深長。宋人推爲唐人萬首之冠，可謂稱許甚高。

二、和易出之，清新自然

韓愈詩在元和以後，明顯屛去險硬本能，改以和調平易手法，以追求清新自然之藝術風格。試觀〈晚菊〉一詩云：

> 少年飲酒時，踊躍見菊花；今來不復飲，每見恒咨嗟。佇
> 立摘滿手，行行把歸家。此時無與語，棄置奈悲何！（《集
> 釋》卷七）

雖然朱彝尊對此詩有「氣脈太今」之評，其興味接近陶淵明之眞率自然，殆爲不爭之事實。又如〈送湖南李正字歸〉云：

> 長沙入楚深，洞庭值秋晚。人隨鴻雁少，江共蒹葭遠。歷
> 歷余所經，悠悠子返。孤游懷耿介，旅宿夢娩娩。風土稍
> 殊昔，魚蝦日異飯。親交俱在此，誰語同息偃？（《集釋》卷
> 七）

〈送李六協律歸荊南〉云：

> 早日羈游所，春風送客歸。柳花還漠漠，今江燕正飛飛。
> 歌舞知誰再？賓僚逐使非。宋亭池水綠，莫忘蹋芳菲。（《集
> 釋》卷九）

其澹然之景，悠然之懷不是一時湊泊而成。其音調之輕圓，情韻之綿邈，在韓愈詩中屬於格調清遠之稀品。此外韓愈在一系列記遊、題詠之作，亦有清新自然之特色。試看〈次同冠峽〉云：

> 今日是何朝？天晴物色饒。落英千尺墮，游絲百丈飄。泄
> 乳交巖脈，懸流揭浪摽。無心思嶺北，猿鳥莫相撩。（《集釋》
> 卷二）

如此亮麗之物色，令人流連忘返。而末句詼奇雋永，玩味不盡。再如〈奉和虢州劉給事使君三堂新題二十一詠〉，二十一首五言絕句，取韻精切，不矜張作意，顯然步武王維輞川諸絕句之作風。再如〈閒遊

二首〉云：

> 雨後來更好，繞池徧青青。柳花閒度竹，菱葉故穿萍。獨
> 坐殊未厭，孤斟詎能醒？持竿至日暮，幽詠欲誰聽？茲遊
> 苦不數，再到遂經旬，萍蓋汙池淨，藤籠老樹新。林鳥鳴
> 訝客，岸竹長遮鄰，子雲祇自守，奚事九衢塵？（《集釋》卷
> 十）

此詩一寫暮春景象，一寫夏初景象，同一園池，景致殊勝，淡淡著筆，
自顯幽趣。韓愈晚年所寫〈南溪始泛三首〉更屬古淡清雅之傑作。詩
云：

> 榜舟南山下，上上不得返。幽事隨去多，孰能量近遠？陰
> 沉過連樹，藏昂抵橫坂。石麤肆磨礪，波惡厭遷挽。或倚
> 偏岸漁，竟就平洲飯。點點暮雨飄，梢梢新月偃。餘年懍
> 無幾，休日愴以晚。自是病使然，非由取高寒。

> 南溪亦清駛，而無檝與舟。山農驚見之，隨我觀不休。不
> 惟兒童輩，或有杖白頭。饋我籠中瓜，勸我此淹留。我云
> 以病歸，此已頗自由。幸有用餘俸，置居在西疇。囷倉米
> 穀滿，未有旦夕憂。上去無得得，下來亦悠悠。但恐煩里
> 閭，時有緩急投。願爲同社人，雞豚燕春秋。

> 足弱不能步，自宜收朝蹟。羸形可輿致，佳觀安可擲？即此
> 南坂下，久聞有水石。挐舟入其間，溪流正清激。隨波吾未
> 能，峻瀨乍可刺。驚起若導吾，前飛數十尺。亭亭柳帶沙，
> 團團松冠壁。歸時還盡夜，誰謂非事役。（《集釋》卷十二）

詩中之南溪，在南山之下城南莊旁之小溪。據張籍〈祭退之〉知同行
者尚有張籍、賈島。第一首「榜舟南山下」四句，謂併船沿溪溯流而
上，美景漸行漸多，不知行程之遠近。「陰沉」四句，謂既經濃密低
覆之溪樹，方能挺直腰身，抵達橫坂。粗糙之溪石，恣意刮磨船底；
又激流湍急，須上岸牽挽，頗煞風景。「或倚」四句，謂倚於偏岸捕
魚，最後竟在岸邊野炊；此時暮雨點點飄來，細細新月偃臥在天。「餘
年」四句，謂餘年恐已無幾；休官之日，未免太晚。而此乃疾病使然，

非自高身價也。全詩措辭簡淨，眞率自然。

　　第二首「南溪亦清駛」四句，謂南溪清澈湍急，從未行船。山農見之，聚觀不休。「不惟」四句，謂觀者不論童叟，皆贈我以瓜，勸我留住。「我云」四句，謂因病休官，已稍獲自由；幸有剩餘之薪俸，得以置居於西邊之田疇。「囷倉」四句，謂囷倉盛滿米穀，無虞匱乏。既未特地求升官，現在下野亦能心安。「但恐」四句，謂目前但恐有勞鄰里，他日或將有困，必來相求。願能成爲同社之人，春秋歲時，再共享社宴。全詩就山農之勸留，委婉答謝，用詞樸質而情感眞切。

　　第三首「足弱不能步」四句，謂雙足病弱，不良於行，自應辭官，不該在朝。然羸弱病軀，仍可乘輿，佳景安可任意放棄？「即此」四句，謂久聞南坡之下，水石甚美，船入其間，清流激濺。「隨波」四句，謂不甘隨波浮沈，寧可刺船迎向險峻之石瀨，鷺鷥在前數十尺處，若導我前行。「亭亭」四句，亭亭柳樹，環立沙岸；團團松冠，落在山壁。歸家之時，夜已將盡，誰謂不是作了大事？全詩仍以清詞運澹意，意興閒遠，神似淵明。

　　總結而言，韓愈詩之藝術風格不一種。大體早年好以《詩經》、《楚辭》、漢、魏古詩爲法，詩風古雅沖淡；中年以豪放、奇險之本色見稱於世；晚年之作，詩興或無不同，而火候圓融，氣勢稍減，一掃鑱刻盤硬之舊格，改以和調平易手法即物寫心，因造自然淡雅之詩境。

第十一章　韓愈詩之評價

壹、歷代學者對韓愈詩之評價

一、唐五代

　　唐人對於韓愈作品之評價，大多集中在古文方面。此或因時人對於韓愈「文筆奇詭」（李肇《唐國史補》）投以較多關注。唐‧王建〈寄上韓愈侍郎〉詩如此稱頌韓愈：

> 重登太學領儒流，學浪詞鋒壓九州。不以雄名疏野賤，唯將直氣折王侯。詠傷松桂青山瘦，取盡珠璣碧海愁。序述異篇經捃核，鞭驅險句物先投。碑文合遣貞魂謝，史筆應令諂骨羞。清俸探將還酒債，黃金旋得起書樓。客來擬設官人禮，朝退多逢月下遊。見向雲泉求住處，若無知薦一生休。（《唐文粹》卷二五四）

詩中頌讚韓愈，「詩詠」、「序述」、「碑文」、「史筆」，面面俱到，而值得注意的是王建以「詠傷松桂青山瘦」、「鞭驅險句物先投」，稱頌韓愈之詩文，正是傾向於奇詭一面。再如唐‧裴度〈寄李翱書〉云：

> 昌黎韓愈，僕之舊矣。中心愛之，不覺驚賞，然其人信美材也。近或聞諸儕類云：恃其絕足，往往奔放，不以文立制，而以文為戲，可矣乎！可矣乎！今之不及之者，當大

　　爲防焉爾。(《唐文粹》卷八十四)

這是針對韓愈部份作品，磔裂章句，隳廢聲韻之奇言怪語所提出之批評。〔註1〕也是後世一切批評韓愈「以文爲戲」論者之開端。再如張籍亦嘗致書韓愈云：「比見執事多尙駁雜無實之說，使人陳之於前以爲歡；爲博塞之戲，與人競財。」韓愈在回書中，表示：「昔者夫子猶有所戲。詩不云乎，善戲謔兮，不爲虐兮。」不過，二人討論之焦點實非韓愈之作品，而是針對傳奇小說之看法而言。〔註2〕

　　再如唐‧劉禹錫〈祭韓吏部文〉云：「手持文柄，高視寰海，……三十餘年，聲名塞天。公鼎侯碑，志隧表阡。一字之價，輦金如山。」固是稱頌韓文，而非韓詩；即皇甫湜〈諭業〉謂：「韓吏部之文，如長江大注，千里一道，衝飆激浪，汙流不滯。」(《皇甫持正文集》卷一)所指仍在文章方面。

　　此外，唐‧李賀〈高軒過〉云：

　　　華裾織翠青如蔥，金環壓轡搖玲瓏。馬蹄隱耳聲隆隆，入
　　　門下馬氣如虹。云是東京才子，文章鉅公。二十八宿羅心
　　　胸，元精耿耿貫當中。殿前作賦聲摩空，筆補造化天無功。
　　　龐眉書客感秋蓬，誰知死草生華風。我今垂翅附冥鴻，他
　　　日不羞蛇作龍。〔註3〕

此詩前附詩序云：「韓員外愈，皇甫侍御湜見過，因而命作。」因而「東京才子」應指皇甫湜，「文章鉅公」，應指韓愈。「二十八宿」四句，稱頌二人胸懷之遼闊、思想之一貫、文名之盛大、筆力之精深。雖未正面言及詩作，但其頌詞如「筆補造化天無功」已言及韓愈創造力之高強，雖施之於詩，亦無不可。晚唐杜牧〈讀杜韓集〉亦云：「杜詩韓集愁來讀，似倩麻姑癢處抓。天外鳳凰誰得髓，無人解合續弦膠。」

〔註1〕　詳見羅師聯添〈張籍上韓昌黎書的幾個問題〉，載羅聯添著《唐代文
　　　　學論集》下冊，第467頁，臺灣學生書局，民國78年5月。
〔註2〕　同上，第474頁。
〔註3〕　見葉蔥奇疏註《李賀詩集》卷四，第二八一頁，臺北：里仁書局，
　　　　民國69年8月。

仍是就文集而言。

　　韓愈詩，在元和時期之聲價，實不如元、白。元和時代騷壇主盟，
當推元、白，而非韓愈。〔註4〕唐・趙璘《因話錄》卷三云：

> 韓文公與孟東野友善。韓公文至高，孟長於五言，時號孟
> 詩韓筆。元和中，後進師匠韓公，文體大變。又柳柳州宗
> 元、李尚書翱、皇甫郎中湜、馮詹事定、祭酒楊公、餘座
> 主李公，皆以高文為諸生所宗，而韓、柳、皇甫、李公皆
> 以引接後學為務。〔註5〕

可知「孟詩韓筆」似為大多數中晚唐人對韓愈、孟郊詩文之固定印
象。除韓愈少數詩友弟子之外，當時論者似未能認識韓詩之價值。
至司空圖方於韓詩之特質，有所肯定。按司空圖〈題柳柳州集後〉
云：

> 金之精麤，效其聲皆可辨也。豈清於磬而渾於鐘哉。然作
> 者為詩為文，格亦可見，豈當善於彼而不善於此耶？愚觀
> 文人之為詩，詩人之為文，始皆繫其所尚，既專則搜研愈
> 至，故能炫其工於不朽，亦猶力巨而鬪者，所持之器具各
> 異，而皆能濟勝以為勍敵也。愚常覽韓吏部歌詩數百首，
> 其驅駕氣勢若掀雷抉電，撐扶於天地之間；物狀奇怪，不
> 得不鼓舞而徇其呼吸也。〔註6〕

司空圖之本意在說明文人為詩，詩人為文，無所謂善與不善之問題，
關鍵在最初所尚為何，所尚既專，研求愈至，則其作愈工。而韓愈正
是筆力高強，以文人而善為詩者。其驅駕聲勢之筆力，令人歎為觀止。
司空圖〈二十四詩品〉之中，雖偏愛含蓄一品，但是，也頗能認識韓
詩之雄渾、健勁。

〔註4〕　詳見羅師聯添〈唐代文學史兩個問題探討〉，載羅聯添著《唐代文學
　　　　論集》下冊，第262～272頁，臺灣學生書局，民國78年5月。

〔註5〕　唐・趙璘《因話錄》卷三，轉引自吳文治編《韓愈資料彙編》，第
　　　　43頁。臺北：學海出版社，民國73年4月。

〔註6〕　見唐・司空圖《司空表聖文集》卷二，轉引自羅師聯添編《隨唐五
　　　　代文學批評資料彙編》，第253～254頁，臺北：成文出版社，民國
　　　　67年9月。

二、兩　宋

　　北宋初期，柳開、孫復、穆修、石介，延續中晚唐以來，對於韓文之崇重，特別強調韓愈在儒家道統傳承之貢獻。柳開〈應責〉云：「吾之道，孔子、孟軻、揚雄、韓愈之道；吾之文，孔子、孟軻、揚雄、韓愈之文也。」(《河東集》卷一) 孫復〈信道堂記〉云：「吾之所謂道者，堯、舜、禹、湯、文、武、周公、孔子之道也，孟軻、荀卿、揚雄、韓愈之道也。」(《孫明復小集》卷二) 石介〈尊韓〉不但視韓愈為聖人，且謂：「噫！孟軻氏、荀況氏、揚雄氏、王通氏、韓愈氏，五賢人，吏部為賢人之卓。不知更幾千萬億年，復有孔子；不知更幾千百數年，復有吏部。」(《徂徠先生全集》卷七)。就其稱頌之焦點看，重道甚於重文。穆修則提及韓詩。其〈唐柳先生集後序〉云：

> 唐之文章，初未去周、隋、五代之氣，中間稱得李、杜，其才始用為勝，而號雄歌詩，道未極渾備。至韓、柳氏起，然後能大吐古人之文，其言與仁義相華實而不雜。如韓〈元和聖德〉、〈平淮西〉、柳雅章之類，皆辭嚴義密，製述如經，能卓然聳唐德於盛漢之表，篾愧讓者，非二先生之文則誰歟。(《河南穆公集》卷二) 〔註7〕

可知其讚賞之對象為韓愈之頌贊或碑志之作，「辭嚴義密、制述如經」，仍偏重在文之一方而言。至歐陽修始正面肯定韓詩。歐陽修《六一詩話》：

> 退之筆力，無施不可，而嘗以詩為文章末事，故其詩曰：「多情懷酒伴，餘事作詩人」也。然其資談笑，助諧謔，敘人情，狀物態，一寓於詩，而曲盡其妙。此在雄文大手，固不足論，而余獨愛其工於用韻也。蓋其得韻寬，則波瀾橫溢，泛入旁韻，乍還乍離，出入迴合，殆不可拘以常格，如〈此日足可惜〉之類是也。得韻窄，則不復旁出，而因

〔註7〕　以上柳開、孫復、穆修、石介諸人之論述資料，皆引自 1962 年郭紹虞編選《中國歷代文論選》中冊，第 5～25 頁，臺北：華正書局影印本，及氏所著《中國文學批評史》，第 138～142 頁，文匯堂，民國 59 年 11 月。

難見巧，愈險愈奇，如〈病中贈張十八〉之類是也。余嘗
與聖俞論此，以謂譬如善馭良馬者，通衢廣陌，縱橫馳逐，
惟意所之。至於水曲蟻封，疾徐中節，而不少蹉跌，乃天
下之至工也。聖俞戲曰：「前史言退之為人木強，若寬韻可
自足而輒傍出，窄韻難獨用而反不出，豈非其拗強而然
歟？」坐客皆為之笑也。〔註8〕

此段資料，論及韓愈對詩之態度、韓詩內涵之豐、韓詩用韻之工、韓
愈為人木強各方面，十分寶貴。其「資談笑，助諧謔，敘人情，狀物
態，一寓於詩，而曲盡其妙。」一段，說明韓愈詩豐富多樣之內容。
其「余獨愛其工於用韻也」一段，對韓愈不拘常格、因難見巧之用韻
能力，大為贊賞。成為後世論韓愈詩「工於用韻」者之濫觴。宋人對
於韓詩鑽研日深，所提出之論點也愈精。宋・王安石在〈韓子〉詩中，
對韓愈之「力去陳言」有此批評云：「紛紛易盡百年身，舉世何人識
道真。力去陳言誇末俗，可憐無補費精神。」〔註9〕其「可憐無補費
精神」一句，出自〈贈崔立之評事〉，以後金・元好問撰〈論詩三十
首〉絕句，卻用以評騭孟郊。而蘇軾更以宏觀角度對韓愈作品提出評
論，其〈書吳道子畫後〉云：

詩至於杜子美，文至於韓退之，書至於顏魯公，畫至於吳
道子。而古今之變，天下之能事畢矣。〔註10〕

又據宋・胡仔《苕溪漁隱叢話》前集卷十六〈韓吏部・中〉引蘇軾云：

書之美者，莫如顏魯公，然書法之壞，自魯公始；詩之美
者，莫如韓退之，然詩格之變，自退之始。〔註11〕

此外，蘇軾在《東坡題跋・評韓柳詩》亦就韓、柳詩作出比較，謂：

〔註8〕　見宋・歐陽修《六一詩話》，清・何文煥編《歷代詩話》，第272頁，
　　　　木鐸出版社，民國71年2月。
〔註9〕　見《臨川先生文集》卷三四，轉引自吳文治《韓愈資料彙編》，第
　　　　126頁。臺北：學海出版社，民國73年4月。
〔註10〕　見《經進東坡文集事略》卷六十，轉引自吳文治《韓愈資料彙編》，
　　　　第148頁，臺北：學海出版社，民國73年4月。
〔註11〕　見宋・胡仔《苕溪漁隱叢話》前集卷十六，轉引自吳文治《韓愈資
　　　　料彙編》，第152頁，臺北：學海出版社，民國73年4月。

柳子厚詩，在陶淵明下，韋蘇州上；退之豪放奇險則過之，而溫麗精深不及也。〔註12〕

　　蘇軾對韓愈作品，有認同亦有批判。在〈揚雄論〉中，對韓愈論性之觀點有異議，以爲韓愈「流入於佛老而不自知」；在〈韓愈論〉謂：「韓愈之於聖人之道，蓋亦知好其名，而未能樂其實。」，「其論至於理而不精，支離蕩佚，往往自叛其說而不知。」（《精進東坡文集事略》卷八）顯然認爲韓愈作爲一思想家，有其思慮不周之處；但是韓愈就一文人而言，「文起八代之衰，道濟天下之溺」，「文至韓退之」，「古今之變，天下之能事畢矣」，可謂獲致極其偉大之成就。至於〈東坡題跋・評韓柳詩〉中，蘇軾顯然了解韓詩之特質與限制。而《苕溪漁隱叢話》前集卷十六〈韓吏部・中〉所載，可視爲清・葉燮《原詩》：「唐詩爲八代以來一大變，韓愈爲唐詩之一大變」之先聲。

　　宋人對韓詩之譏評，前有劉攽《中山詩話》、蘇轍〈詩有五病〉，後有陳師道《後山詩話》及釋惠洪《冷齋夜話》所載沈括之評語。宋・劉攽《中山詩話》云：

> 韓吏部古詩高卓，至律詩雖稱善，要有不工者，而好韓之人，句句稱述，未可謂然也。韓云：「老公眞箇似童兒，汲水埋盆做小池。」直諧戲耳。歐陽永叔、江鄰幾論韓〈雪詩〉，以「隨車翻縞帶，逐馬散銀杯」爲不工，謂「坳中初見底，凸處遂成堆。」爲勝，未知眞得韓意否也？〔註13〕

這是分詩體比較優劣，劉攽所舉之詩例，容或可以再商榷，而提出韓愈古詩高卓，律詩要有不工之說，幾乎已成定論。至於宋・蘇轍〈詩病五事〉云：

> 韓退之作〈元和聖德詩〉，言劉闢之死，曰：「宛宛弱子，赤立傴僂，遷頭曳足。先斷腰脊，次及其徒。體骸撐挂，

〔註12〕　見《東坡題跋》，轉引自吳文治《韓愈資料彙編》，第150頁，臺北：學海出版社，民國73年4月。

〔註13〕　見宋・劉攽《中山詩話》載清・何文煥《歷代詩話》，上冊，第285頁。臺北：木鐸出版社，民國72年2月。

末乃取闕。駭汗如瀉，揮刀紛耘，爭切膾脯。」此李斯頌
秦所不忍言，而退之自謂無愧於《雅》、《頌》，何其陋也。
〔註14〕

則是針對韓愈寫作頌詩，竟詳寫劉闢一家受戮之情景，忽略頌詩本應
具備之典雅莊重，提出異議。以上二家，係以微觀角度所提之批評。
至於沈括對韓詩之評論載於宋・釋惠洪《冷齋夜話》卷二：

沈存中、呂惠卿吉甫、王存正仲、李常公擇，治平中在館
中夜談詩。存中曰：「退之詩，押韻之文耳，雖健美富贍，
然終不是詩。」吉甫曰：「詩正當如是。吾謂詩人亦未有如
退之者。」正仲是存中，公擇是吉甫，於是四人者，交相
攻，久不決。公擇忽正色謂正仲曰：「君子群而不黨，公獨
黨存中？」正仲怒曰：「我所見如是，偶同存中，便謂之黨。
則君非黨吉甫乎？」一座大笑。〔註15〕

宋・胡仔《苕溪漁隱叢話》卷十八有完全相似之記載。《冷齋夜話》
大約在北宋末，南宋初問世，所記應不致偏離事實太遠。沈括謂韓詩
爲「押韻之文」應是後來批評韓愈「以文爲詩」之開始。宋・陳師道
《後山詩話》云：

黃魯直云：「杜之詩法出審言，句法出庾信，但過之爾。杜
之詩法，韓之文法也。詩文固有體，韓以文爲詩，杜以詩
爲文，故不工爾。」〔註16〕

又云：

蘇子瞻云：「子美之詩，退之之文，魯公之書，皆集大成者
也。」學詩當以子美爲師，有規矩，故可學。退之於詩，
本無解處，以才高而好爾。

又云：

〔註14〕　見宋・蘇轍《欒城集》，轉引自吳文治編《韓愈資料彙編》，第 156
　　　　頁，臺北：學海出版社，民國 73 年 4 月。
〔註15〕　見宋・釋惠洪《冷齋夜話》卷二，第 23 頁，北京，中華書局，1988
　　　　年 7 月。
〔註16〕　見宋・陳師道《後山詩話》，清・何文煥《歷代詩話》，上冊，第 303
　　　　頁。臺北：木鐸出版社，民國 72 年 2 月。

> 退之以文爲詩，子瞻以詩爲詞，如教坊雷大使之舞，雖極
> 天下之工，要非本色。今代詞手，惟秦七黃九爾，唐諸人
> 不迨也。〔註17〕

可知「以文爲詩」說之正式提出，應是黃庭堅。認爲韓詩「要非本色」，
則爲陳師道。宋人之中，固不乏視此爲病疵，但亦有持折衷之觀點者。
如宋·陳善《捫蝨新話》云：

> 韓以文爲詩，杜以詩爲文，世傳以爲戲。然文中要自有詩，
> 詩中要自有文，亦相生法也。文中有詩，則句語精確；詩中
> 有文，則詞調流暢。謝玄暉曰「好詩圓美如彈丸。」此所謂
> 詩中有文也。唐子西曰：「古人雖不用偶儷，而散句之中，
> 暗有聲調，步驟馳騁，亦有節奏。」此所謂文中有詩也。前
> 代作者皆如此法，吾謂無出韓、杜。觀子美到夔州以後詩，
> 簡易純熟，無斧鑿痕，信是如彈丸矣。退之之〈畫記〉，觀
> 其鋪張收放，字字不虛，但不肯入韻耳。或者謂其始自甲乙，
> 則非也。以此知杜詩韓文，闕一不可。世之議者，遂謂子美
> 于韻語不堪讀，而以退之之詩又但爲押韻文者，是果爲韓杜
> 病手？文中有詩，詩中有文，當有知者領予此語。〔註18〕

陳師道基於「詩文各有體」之觀念，提出「以文爲詩終非本色」之說，
而陳善則欲打消詩文之別，所述不爲無見。此後論者毀譽不一。譽之
者，視爲特色；毀之者，視爲病疵，聚訟紛紜。晚近學者討論甚多，
〔註19〕可以詳參。江西詩人黃庭堅自另一角度評論韓詩，其〈答洪駒
父書〉云：

> 自作語最難，老杜作詩，退之作文，無一字無來處，蓋後
> 人讀書少，故謂韓杜自作此語耳。古之能爲文章者，眞能
> 陶冶萬物，雖取古人之陳言入於翰墨，如靈丹一粒，點鐵

〔註17〕 同上，第 309 頁。

〔註18〕 見宋·陳善《捫蝨新話》，臺北：新文豐出版公司，民國 73 年 6 月
初版。

〔註19〕 如程千帆〈韓愈以文爲詩說〉，《古詩考索》，第 183～206 頁，上海古
籍出社，1984 年 12 月，柯萬成〈韓愈「以文爲詩」的問題〉，《孔孟
月刊》二十八卷五期，，第 44～50 頁，民國 79 年 1 月，均可參詳。

　　成金也。〔註20〕

「靈丹一粒，點鐵成金」是山谷詩學重要觀念。此條資料雖針對杜詩、韓文而言，近世論韓詩「好用典故」，亦必由此而起。此外張戒《歲寒堂詩話》對宋人於韓詩愛憎相半之情況，曾提出批評云：

> 韓退之詩，愛憎相半。愛者以爲雖杜子美亦不及，不愛者
> 以爲退之於詩本無所得。自陳無己輩，皆有此論。然二家
> 之論俱過矣。以爲子美亦不及者固非，以爲退之於詩無所
> 得者，談何容易耶？退之詩，大抵才氣有餘，故能擒能縱，
> 顛倒崛奇，無施不可。放之則如長江大河，瀾翻洶湧，滾
> 滾不窮；收之則藏形匿影，乍出乍沒，姿態橫生，變怪百
> 出，可喜可愕，可畏可服也。蘇黃門子由有云：唐人詩當
> 推韓、杜，韓詩豪，杜詩雄，然杜之雄亦可以兼韓之豪也。
> 此論得之。詩文字畫，大抵從胸臆中出，子美篤於忠義，
> 深於經術，故其詩雄而正；李太白喜任俠，喜神仙，故其
> 詩豪而逸；退之文章侍從，故其詩文有廊廟氣。退之詩正
> 可與太白爲敵，然二豪不並立，當屈退之第三。〔註21〕

據郭紹虞《清詩話・前言》：宋人之詩話，雖是「以資閒談」爲主，然而自《歲寒堂詩話》、《白石道人詩說》、《滄浪詩話》以後，詩話之體漸趨嚴肅。〔註22〕張戒在《歲寒堂詩話》之論點，傾向於反對江西詩派。對於陳師道之修正意見，自是深入肯綮。張戒在此，先總提韓愈才氣有餘，因能展現高強之筆力。再以形象性語句說明韓詩之藝術風格；繼引蘇轍之語，分辨杜、韓格調之差別，頗具理論意義。最後比較李、杜、韓，三家詩，謂韓愈詩有「廊廟氣」，尤爲發人所未發。

　　宋人對於韓愈與其他詩人，在淵源、作法、作意、風格、優劣各方面，留下大量之比較資料。如張戒《歲寒堂詩話》卷上云：

〔註20〕　見〈豫章黃先生文集〉卷二，轉引自吳文治《韓愈資料彙編》，第
　　　　　152頁，臺北：學海出版社，民國73年4月。
〔註21〕　見宋・張戒《歲寒堂詩話》卷上，丁福保編《歷代詩話續編》，第
　　　　　460頁。臺北：木鐸出版社，民國77年7月。
〔註22〕　見郭紹虞〈清詩話・前言〉，臺北：木鐸出版社，民國77年9月。

韻有不可及者，曹子建是也。味有不可及者，淵明是也。
才力有不可及者，李太白、韓退之是也。意氣有不可及者，
杜子美是也。……杜子美、李太白、韓退之三人，才力俱
不可及。而就其中退之喜崛奇之態，太白多天仙之詞，退
之猶可學，太白不可及也。至於子美則又不然，氣吞曹、
劉，固無以為敵。〔註23〕

又如宋・姜夔《白石道人詩說》云：

詩有出於《風》者，出於《雅》者，出於《頌》者。屈原
之文，《風》出也；韓、柳之詩，《雅》出也。杜子美獨能
兼之。〔註24〕

再如宋・王楙《野客叢書》〈韓用杜格〉、〈韓用杜意〉；嚴羽《滄浪詩
話》所謂：「五言絕句：眾唐人是一樣，少陵是一樣，韓退之是一樣，
王荊公是一樣，本朝諸公是一樣。」朱文公云：「李杜韓柳初亦學選
詩，然杜韓變多，柳李變少。變不可學，而不變可學。」劉辰翁云：
「子厚文不如退之，退之詩不如子厚。」〔註25〕類似資料，或用形象
語描述，或摘句為例，或單純對比一番，對於後人詮評韓詩，都富於
啟發性與理論價值。

三、金　元

金元時期論者比較注意韓愈文章與思想，對於詩歌批評，不脫宋
人之窠臼，常沿襲宋人之餘緒。如金・趙秉文〈答李天英書〉謂：

韓愈又以古文之渾浩，溢而為詩，然後古今之變盡矣。太
白詞勝於理，樂天理勝於詞，東坡又以太白之豪、樂天之
理，合而為一，是以高視古人，然終不能廢古人。〔註26〕

〔註23〕　見見宋・張戒《歲寒堂詩話》卷上，丁福保編《歷代詩話續編》，第
　　　　　452頁，臺北：木鐸出版社，民國77年7月。
〔註24〕　見宋・姜夔《白石道人詩說》，清・何文煥編《歷代詩話》，第 680
　　　　　頁，臺北：木鐸出版社，民國71年2月。
〔註25〕　轉引自吳文治編《韓愈資料彙編》，第574頁，臺北：學海出版社，
　　　　　民國73年4月。
〔註26〕　見金・趙秉文《閑閑老人滏水文集》卷一〈答李天英書〉，轉引自吳

趙秉文有「金源一代一坡仙」之美名，此論取自蘇軾，甚為明顯。金源之詩評，以元好問之論點，較有創意。明·蔣之翹輯注本《唐柳河東集》卷首〈讀柳集敘說〉引元好問云：

> 韓昌黎正大卓越，凌厲百家，唐、宋以來，莫之與京。差
> 可與雁行者，獨柳柳州而已。〔註27〕

此雖稱頌韓愈之獨尊地位，其實還是就文章而言。其〈論詩三十首〉絕句第十八、二十四首，始涉及韓詩。〈論詩三十首〉之十八云：

> 東野窮愁死不休，高天厚地一詩囚。
> 江山萬古潮陽筆，合在元龍百尺樓。

此詩前半兩句謂：孟郊作詩，喜以窮愁為題材，至死如此。處在高天厚地之間，卻自囿於苦吟，真可說是詩中之囚徒。後半兩句謂：試看韓愈自潮州還朝後之文章，與江山同其不朽。韓孟相比，韓愈應居陳元龍高臥的百尺樓上，高下不可同日而語。本詩指出韓孟雖然齊名，孟郊之僻苦實不能與韓愈之奇崛相提並論。〈論詩三十首〉之二十四又云：

> 「有情芍藥含春淚，無力薔薇臥晚枝。」
> 拈出退之〈山石〉句，始知渠是女郎詩。〔註28〕

此詩前半兩句節引秦觀（少游）〈春日〉詩說：「帶雨的芍藥，好像因為傷春而含淚；經雨的薔薇，嬌弱無力，面對暮色而臥柔枝。」後半兩句謂：如此纖巧靡弱之語句，若持與韓愈〈山石〉中相比，便知道秦觀之作品是女性化的詩。本詩指責秦觀部份詩作纖巧柔靡，較之韓愈之豪雄，直是女郎詩。

元好問以絕句體制，評騭歷代詩人，僅能一語中的，無法暢述源委。但是在〈論詩三十首〉絕句第一首、第三首顯示他對於「雄渾健勁」之藝術風格，深表贊賞，由此不難理解元好問認同韓詩之原因。

文治編《韓愈資料彙編》，第 600 頁，臺北：學海出版社，民國 73
年 4 月。

〔註27〕同上書，第 612 頁。

〔註28〕以上二詩，皆引自王師禮卿《遺山論詩詮證》，第 117、157 頁。國
立編譯館，中華叢書編審委員會，民國 64 年 4 月。

　　元代論者，喜自韓詩討論韓愈之思想立場，尤其是對僧徒之態度問題。例如：元‧李治《敬齋古今黈‧逸文》卷二云：

> 退之論三子云：「孟氏醇乎醇者也；荀與揚，大醇而小疵。」然即韓之言而求韓之情，所謂荀揚之疵，亦自不免。退之生平挺特，力以周孔之學爲學，故著〈原道〉等篇，觝排異端，至以諫迎佛骨，雖獲戾一斥幾萬里而不悔，斯亦足爲大醇矣。奈何惡其爲人而日與其親，又作爲歌詩語言，以光大其徒，且示己所以相愛慕之深。有是心，則有是言；言既如是，則與平生所素蓄者，豈不大相反耶？〔註29〕

即對韓愈既排佛又親近僧徒所造成之矛盾提出異議，再如元‧方回《桐江集》卷二〈跋僧如川詩〉云：

> 韓子、歐陽子，於佛不喜其說而喜其人。韓之門有惠師、靈師、令縱、高閑、廣宣、大顛之徒。歐之門亦有秘演、惟儼、惠勤、惠思。而契嵩之文，至以薦之人主。東坡山谷於佛喜其說，復喜其人。故辯材、淨柬、補撞、佛印、參寥、琴聰、密殊順怡然、久逸老與坡遊。晦堂心死、心新、靈源、清、與谷尤相好也。士大夫嬰於簪紱，不有高人勝流爲方外友，則其所存亦淺矣。〔註30〕

則肯定韓愈雖不喜佛教，對僧徒不全然排斥。指出韓愈與僧徒之交接，與歐陽修、蘇東坡、黃山谷之與僧徒往來，在態度上並無不同。論韓愈與僧徒之關係者，尚有元‧劉謐《三教平心論》，其說與韓詩不相涉，故不贅述。

四、明　代

　　明代論者，對於韓詩之毀譽不一，有極度貶抑者，亦有給予一定程度之讚許者。唐以來，有關韓詩評價之各種論見，大致獲得反覆探

〔註29〕　見元‧李治《敬齋古今黈‧逸文》卷二，轉引自吳文治《韓愈資料彙編》，第 614 頁，臺北：學海出版社，民國 73 年 4 月。

〔註30〕　元‧方回《桐江集》卷二〈跋僧如川詩〉，轉引自吳文治《韓愈資料彙編》，第 629 頁，臺北：學海出版社，民國 73 年 4 月。

討。如李東陽《麓堂詩話》云：

> 詩與文不同體，昔人謂「杜子美以詩爲文，韓退之以文爲
> 詩」，固未然。然其所得所就，亦各有偏長獨到之處。近見
> 名家大手以文章自命者，至其爲詩，則毫釐千里，終其身
> 不悟。然則詩果易言哉？〔註31〕

這是借陳師道《後山詩話》「退之以文爲詩」之論點，評騭當時人。
再如李東陽引潘禎應昌之語，云：

> 詩有五聲，全備者少，惟得宮聲者最優。蓋可以兼眾聲也。
> 李太白、杜子美之詩爲宮，韓退之爲角，以此例之雖百家
> 可知也。〔註32〕

所謂「杜爲宮聲，韓爲角聲」，係以宮商論析韓、杜之別，頗有創意。
從某一角度看，正是「杜可以兼韓」之意。再如明・何孟春《餘冬詩
話》云：

> 韓退之詩，歐陽永叔謂其「工於用韻」云云。蔡寬夫因此
> 遂言：「秦漢以前字書未備，既多假借，而音無反切，平仄
> 皆通用。自齊梁後，概拘以四聲，又限以音韻，故士率以
> 偶儷聲病爲工，文氣安得不卑弱？惟陶淵明、韓退之擺脫
> 拘忌，皆取其旁韻用，蓋筆力足以達之。」春按：秦漢以
> 前韻，有平仄皆通者，古韻應爾，豈爲字書未備？淵明、
> 退之集多用古韻，於古俱是一韻，何旁之有？歐陽所謂旁
> 韻，就今韻而言，非謂其兼取於彼此也。〔註33〕

此針對宋・歐陽修、張戒、洪邁等強調韓詩「工於用韻」而發。關於韓
詩用韻問題至清朝，論析入微，何嘗不是明人啓之？此外，明代文人對
於韓詩，亦有全盤否定其價値者。例如王世貞《藝苑卮言》卷四云：

> 韓退之於詩本無所解，宋人呼爲大家，直是勢利他語。子

〔註31〕　見明・李東陽《麓堂詩話》，丁福保編《歷代詩話續編》，第 1372
　　　　頁。臺北：木鐸出版社，民國 77 年 7 月。
〔註32〕　同上。
〔註33〕　見明・何孟春《餘冬詩話》，轉引自錢仲聯《韓昌黎詩繫年集釋》附
　　　　錄，第 1331 頁，臺北：學海出版社，民國 74 年 1 月。

厚於《風》《雅》〈騷〉賦，似得一斑。〔註34〕

明人亦有從個別詩體提出批評，如謝榛《四溟詩話》謂：

> 韓昌黎、柳子厚長篇聯句，字難韻險，然誇多鬥靡，或不
> 可解。拘於險韻，無乃庾、沈啓之邪？〔註35〕

再如胡應麟《詩藪・內編》卷一云：

> 退之〈琴操〉，子厚〈鼓吹〉，銳意復古，亦甚勤矣。然〈琴
> 操〉於文王列聖，得其意不得其詞。〈鼓吹〉於〈鐃歌〉諸
> 曲，得其調不得其韻。其猶在晉人下乎？〔註36〕

《詩藪・內編》卷三又云：

> 退之〈桃源〉、〈石鼓〉，模杜陵而失之淺；長吉〈浩歌〉、〈秦
> 宮〉，倣太白而過於深。〔註37〕

這些論見，若以現代之角度來看，不無商榷之餘地，然而卻是明代論
者代表性之主張。而胡應麟之《詩藪》，在明代詩學批評中，屬於比
較嚴謹紮實的一家。胡氏就歷史角度所發之論見，往往切合史實，價
值甚高。以唐人古體而言，胡應麟取高、岑、王、李，認為太白、少
陵已達巔峰。降至錢、劉，氣骨已衰，元、白力振，已是強弩之末。
在此一發展脈絡中，胡應麟對於韓詩，略有貶抑之意。如《詩藪・內
編》卷四謂：

> 太白有大家之材，而局量稍淺，故騰踔飛揚之意勝，沉深
> 典厚之風微。昌黎有大家之具，而神韻全乖，故紛挐叫噪
> 之途開，蘊藉陶鎔之義缺。杜陵氏兼得之。〔註38〕

就大曆以下五七言律詩發展而言，亦有貶抑韓詩之意。如《詩藪・內
編》卷四謂：

> 唐大曆後，五七言律尚可接翅開元，惟排律大不競。錢、

〔註34〕 見明・王世貞《藝苑卮言》卷四，丁福保編《歷代詩話續編》，第
1011頁，臺北：木鐸出版社，民國77年7月。

〔註35〕 見謝榛《四溟詩話》卷四，丁福保編《歷代詩話續編》，第1206頁。
臺北：木鐸出版社，民國77年7月。

〔註36〕 見明・胡應麟《詩藪・內編》卷一，臺北：廣文書局。

〔註37〕 同上，卷三。

〔註38〕 同上，卷四。

劉以降，篇什雖盛，氣骨頓衰，景象既殊，音節亦寡。韓
白諸公，雖才力雄贍，漸流外道矣。〔註39〕

但是，胡應麟對於韓詩價值，並非全無認識。如《詩藪‧外編》卷四
謂：

元和而後，詩道浸晚，而人才故自橫決一時。若昌黎之鴻
偉，柳州之精工，夢得之雄奇，樂天之浩博，皆大家材具
也。今人概以中、晚束之高閣。若根腳堅牢，眼目精利，
泛取讀之，亦足充擴襟靈，贊助筆力。〔註40〕

至於韓愈以下，盧仝之「拙朴」，馬異之「庸猥」，李賀之「幽奇」，
劉叉之「狂譎」，庭筠之「漸入詩餘」，便視爲末流，不足經眼。明代
文人論韓之資料尚多，胡震亨所輯錄各家詩論，往往間出雋語。其《唐
音癸籤》卷七〈評彙〉三云：

韓公挺負詩力，所少韻致，出處既掉運不靈，更以儲才獨
富，故犯惡韻鬭奇，不加揀擇。遂致叢雜難觀。得妙筆汰
用，環寶自出。第以爲類押韻之文者過。〔註41〕

其《唐音癸籤》卷十〈評彙〉六云：

七言難於氣象雄渾，句中有力，而紆徐不失言之意。自老
杜後，韓退之筆力最爲傑出，然每苦意與語具盡。〔註42〕

其《唐音癸籤》卷十〈評彙〉六又云：

韓愈最重字學，詩多用古韻。〔註43〕

其《唐音癸籤》卷二十七〈談叢〉三又云：

唐至開元而海內稱盛，盛而亂，亂而復。至元和又盛，前
有青蓮，後有昌黎、香山，皆爲其時鳴聖者也。〔註44〕

從以上資料顯示，明代詩評家對韓詩整體之評價，雖非十分深刻，然

〔註39〕　同上。
〔註40〕　見明‧胡應麟《詩藪‧外編》卷四，臺北：廣文書局。
〔註41〕　見明‧胡震亨《唐音癸籤》卷七，〈評彙三〉，轉引自吳文治《韓愈
　　　　資料彙編》，第831頁，臺北：學海出版社，民國73年4月。
〔註42〕　同上，第832頁。
〔註43〕　同上。
〔註44〕　同上，第837頁。

而對韓詩之特質、作風、缺陷與歷史地位，均有一定程度之理解。

五、清　代

　　清代學術風氣，比較務實，論者不喜無根之談，對韓愈之研究十分精深。唐以來所有「論韓」之資料，被反覆參研。韓詩之名物、事義固然考證詳審；韓詩之體貌、造境，亦得到進一步之抉發。

　　清・葉燮《原詩》〈內篇〉對杜甫推崇備至，杜詩「包源流，綜正變」，漢魏詩之渾樸古雅，六朝詩之藻麗纖穠，澹遠韶秀，無一不備。杜甫開出之傳統，由韓愈、孟郊、元稹、白居易、李賀、劉禹錫、杜牧、劉長卿、溫庭筠、李商隱及宋金元明諸大家所承繼。在葉燮心目中，杜甫是一「集大成者」，而韓愈則為貞元、元和以來，足與杜甫抗衡之「傑出者」。葉燮在《原詩》卷一〈內篇・上〉云：

> 集大成如杜甫，傑出如韓愈、專家如柳宗元、如劉禹錫、如李賀、如杜牧、如陸龜蒙諸子，一一皆特立興起。其他弱者，則因循世運，隨乎流波，不能振拔。所謂唐人本色也。〔註45〕

其《原詩》卷三〈外篇・上〉又云：

> 杜甫之詩，冠絕今古。此外上下千餘年，作者代有，惟韓愈、蘇軾，其才力能與甫抗衡，鼎立為三。韓詩無一字猶人，如太華削成，不可攀躋。〔註46〕

而關於韓詩之性情、面目，葉燮如此描述：

> 作詩有性情，必有面目。……舉韓詩之一篇一句，無處不可見其骨相稜嶒，俯視一切。進則不容於朝，退又不肯獨善於野，疾惡甚嚴，愛才若渴，此韓愈之面目也。〔註47〕

可見葉燮對韓詩之評價甚高。清人崇敬李、杜、韓、蘇，對於韓愈與

〔註45〕　見清・葉燮《原詩》卷一〈內篇〉上，載丁福保《清詩話，第 566
　　　　　頁。臺北：木鐸出版社，民國 77 年 9 月。
〔註46〕　同上書，第 596 頁。
〔註47〕　同上。

其他詩人之關係比較，有極精闢之論見。如清・王士禎《帶經堂詩話》
卷一云：

> 宋明以來詩人，學杜子美者多矣。予謂退之得杜神，子瞻
> 得杜氣，魯直得杜意，獻吉得杜體，鄭繼之得杜骨，它如
> 李義山、陳無己、陸務觀、袁海叟輩又其次也，陳簡齋最
> 下。〔註48〕

王士禎以爲唐詩三百年，一盛於開元，再盛於元和，而韓愈爲杜甫以
後最重要之詩人。在〈蠶尾文〉中指出，唐人詩多者李白、杜甫之外，
惟有韓愈與白居易。而「退之之詩可選者多，不可選者少，去其不可
者甚難。樂天詩可選者少，不可選者多，存其可者亦難。」〔註49〕王
士禎指出韓愈〈琴操〉直追三代，肯定韓愈之歌行與李、杜、蘇同爲
「千古絕調」。在《居易錄》中引陳後山之說，也贊同「學左、杜先
由韓、黃」，可見王士禎非常肯定韓愈詩之價值。然而《池北偶談》
亦謂：「韓退之詩似論，蘇子瞻詞似詩，昔人謂如教坊雷大使舞，正
此意也。」〔註50〕可見王士禎對於韓愈之缺失，亦不爲之諱。

在清代詩評家中，沈德潛師承葉燮，以少陵、昌黎、眉山爲宗。
在《歸愚文鈔》卷十三〈東隅兄詩序〉、在《說詩晬語》卷下「詩貴
有我」條，均強調韓愈「憐才若渴，與世齟齬」之性情與面目。在《說
詩晬語》卷上云：

> 昌黎豪傑自命，欲以學問才力跨越李、杜之上；然恢張處
> 多，力有餘而巧不足也。獨四言大篇，如〈元和聖德〉、〈平
> 淮西碑〉之類，義山所謂句奇語重，點竄塗改者，雖司馬
> 長卿亦當斂手。〔註51〕

〔註48〕　見清・王士禎《帶經堂詩話》卷一，轉引自吳文治編《韓愈資料彙
　　　　　編》，第947頁，臺北：學海出版社。
〔註49〕　轉引自吳文治編《韓愈資料彙編》第九四七至九四八頁，臺北：學
　　　　　海出版社，民國73年4月。
〔註50〕　同上，第949頁。
〔註51〕　見蘇文擢《說詩晬語詮評》，第247頁，臺北：文史哲出版社，民國
　　　　　74年10月。

明顯沿襲葉燮之批評論點。沈德潛認爲韓愈不工近體，然而卻認爲韓愈之七言詩「貞元、元和間，踔厲風發，又別爲一體。」（《唐詩別裁集》卷首〈凡例〉），此外認爲「昌黎詩原本漢賦。」（〈與陳恥庵書〉）、「杜、韓旨歸，仍在聲希采伏者矣。」（〈喬慕韓詩序〉），都是頗有創意之論見。

由於清人對韓詩研究日精，對於韓詩之優劣、毀譽之評騭亦越嚴。毀之者如清‧陸時雍《詩鏡總論》謂：

> 材大者聲色不動，指顧自如，不則意氣立見。李太白所以妙於神行，韓昌黎不免有蹶張之病也。〔註52〕

清‧王夫之《薑齋詩話》卷下云：

> 含情而能達，會景而生心，體物而得神，則自有靈通之句，參化工之妙。若但於字句求巧，則性情先爲外蕩，生意索然矣。松陵體永墮小乘者，以無句不巧也。然皮、陸二子差有興會，猶堪諷詠。若韓退之以險韻、奇字、古句、方言矜其餖飣之巧，巧則巧矣，而於心情興會一無所涉，適可爲酒令而已。黃魯直、米元章益墮此障中。近則王謔庵承其下游，不恤才情，別尋蹊徑，良可惜也。〔註53〕

清‧黃子雲《野鴻詩的》云：

> 古人有負才而欺世者三家：曹瞞以傑驚而以詭異欺，昌黎語瑰奇而以強梗欺，義山韻宕逸而以荒誕欺。〔註54〕

清‧毛先舒《詩辯坻》卷第三云：

> 唐人文多似詩，不害爲佳。退之多以文法爲詩，則儉父矣。
> 〔註55〕

清‧王闓運《論作詩門徑》云：

〔註52〕 轉引自錢仲聯《韓昌黎詩繫年集釋》附錄，，第1332頁，臺北：學海出版社，民國74年1月。

〔註53〕 見清‧王夫之《薑齋詩話》卷下，載丁福保《清詩話》，第14頁，臺北：木鐸出版社，民國77年9月。

〔註54〕 轉引自錢仲聯《韓昌黎詩繫年集釋》附錄，第1340頁，臺北：學海出版社，民國74年1月。

〔註55〕 見清‧毛先舒《詩辯坻》卷三，載郭紹虞編《清詩話續編》，第66頁，木鐸出版社，民國72年12月。

孔子論門人，許其成章，詞章之章也。無論何文，但屬辭成

句，即自有章。韓退之起八代之衰，文詩皆未成章。〔註56〕

值得注意的是除「儉父」之外，不論是批評韓愈詩「蹶張」、「適可爲
酒令」、「負才而欺世」、「文詩皆未成章」，都是以超高標準，所作的
「求全之毀」。因爲他們都曾深入研究韓詩。當然，清人對韓詩之稱
譽，亦多前人所未言。如清・嚴虞惇在秀野堂本《韓詩批》中，主張
韓愈律詩工穩，非後人所能及：

論公詩者，皆云古詩勝於律詩。不知律詩之工穩，總非後

人所能及。蓋其服膺老杜，非如江西一派，襲取一二硬澀

字句，爲得其神髓也。〔註57〕

清・馬位在《秋窗隨筆》中，甚至列出〈湘中酬張十一功曹〉、〈奉酬
振武胡十二丈大夫〉、〈西林寺題蕭十二兄郎中舊堂〉、〈次潼關寄張十
二閣老使君〉等近體之作，認爲可與老杜相頡頏。

　　清人另一頗富創意之論點，是指陳韓詩與經傳之關係。如馬位《秋
窗隨筆》謂：

退之古體，造語皆根柢經傳，故讀之猶陳列商、周彝鼎，

古痕斑然，令人起敬；時而火齊木難，錯落照眼，應接不

暇；非徒作幽澀之語，如牛鬼蛇神也。〔註58〕

清・陳沆《詩比興箋》即舉〈謝自然〉、〈送靈師〉、〈送惠師〉三首，
認爲是：「〈原道〉之支瀾。」更進一步提出：「當知昌黎不特約六經
以爲文，亦直約風騷以成詩。」之主張。〔註59〕清・翁方綱《石洲詩
話》亦認爲：「韓文公約六經之旨而成文，其詩亦每於極瑣碎極質實

〔註56〕　轉引自錢仲聯《韓昌黎詩繫年集釋》附錄，第 1353 頁，臺北：學海
　　　　出版社，民國 74 年 1 月。
〔註57〕　轉引自錢仲聯《韓昌黎詩繫年集釋》附錄，第 1337 頁，臺北：學海
　　　　出版社，民國 74 年 1 月。
〔註58〕　轉引自吳文治編《韓愈資料彙編》，第 1155 頁，臺北：學海出版社，
　　　　民國 73 年 4 月。
〔註59〕　見清・陳沆《詩比興箋》卷四，藝文印書館版，第 433 頁，民國 59
　　　　年 9 月。

處，直接六經之脈。蓋爻象繇占，典謨誓命，筆削記載之法，悉醞入風雅正旨，而具有其餘味。自束皙、韋孟以來，皆未有如此沉博也。」〔註60〕以上這些論見，較之宋·穆修稱頌韓愈〈元和聖德詩〉「辭嚴義密，製述如經」可謂層次更深，範圍更廣。

清代詩論中，以大量篇幅研究韓詩者，應推趙翼《甌北詩話》及方東樹《昭昧詹言》最爲可觀。趙翼《甌北詩話》以極嚴肅之態度研究韓詩，對於韓孟交誼、聯句詩、韓詩學李杜、韓詩好用硬語、韓詩用韻、韓詩之創體與創格、韓詩之不可爲法者、韓詩之文化意識、韓孟元白之比較、韓愈與白居易之酬唱、韓愈之使事等等重大之論題，均以長篇大論，加以探析，從而獲得極可貴之成果。

趙翼指出韓愈好作奇句警語，但是不若李長吉、杜少陵、李太白之揮灑自如，而是全力搏兔，千錘百鍊。韓愈固有精思結撰之警策語，然而亦多聱牙詰屈、英雄欺人之句。趙氏認爲：

> 其實〈石鼓歌〉等傑作，何嘗有一語奧澀？而磊落豪橫，自然挫籠萬有。又如〈喜雪獻裴尚書〉、〈咏月和崔舍人〉以及〈叉魚〉、〈詠雪〉等詩，更復措司極細，遣詞極工，雖工於試帖者，亦遜其穩麗。此則大才無所不辦，並以見詩之工，固不在彼也。〔註61〕

趙翼此語之可貴，在於提示後人勿眩惑於韓愈盤硬蹶張之作，而應注意其「文從字順中，自然博大」之作。趙翼深知韓愈不必專以奇險見長，然確有不可抹殺之嶄新開闢，並析論其創格、創意、創句法、用韻、使典之成就。肯定：

> 以文爲詩，自昌黎始，至東坡益大放厥詞，別開生面，成一代之大觀。〔註62〕

〔註60〕 轉引自錢仲聯《韓昌黎詩繫年集釋》附錄，，第 1345 頁，臺北：學海出版社，民國 74 年 1 月。

〔註61〕 見趙翼《甌北詩話》卷三，載郭紹虞《清詩話續編》，第 1166 頁，臺北木鐸出版社，民國 72 年 12 月。

〔註62〕 同上，卷五，第 1195 頁。

「以文爲詩」，本爲韓詩病疵，至宋，反成別開生面之大觀，則韓愈之開創成就，又添一筆矣。

　　至於方東樹《昭昧詹言》全書二十一卷，在卷一通論五古、卷二漢魏、卷四陶公、卷五大謝、卷六鮑明遠、卷七小謝、卷八杜公、卷九韓公、卷十黃山谷、卷十一總論七古、卷十二李太白、卷十四通論七律、卷十七杜公、卷十八中唐諸家、卷十九李義山、卷二十一附論諸家詩話，均涉及韓詩。方氏在書中，常轉錄方（苞）、姚（範）諸老之語，因此，可相當程度反映桐城派對韓詩之觀點。《昭昧詹言》卷一云：

　　漢、魏、阮公、陶公、杜、韓皆全是自道己意，而筆力強，
　　文法妙，言皆有本。尋其旨歸，皆一線明白，有歸宿，令
　　人了然。〔註63〕

由此可知，方氏論詩，以此爲宗。其中，又以杜、韓二家，最爲崇重。這是因爲杜韓之陳義高，筆力強，文法高古。方氏常以杜、韓連言論詩。如：「杜、韓之眞氣脈作用，在讀古人書，義理胸襟源頭本領上。」（卷八），「杜、韓盡讀萬卷書，其志氣以稷、契、周、孔爲心，又於古人詩文變態萬方，無不融會於心中，而以不世出之筆力，變化出之，此豈尋常齷齪之士所能辦哉？」（卷八），「欲學杜、韓，須先知義法粗胚。」，「杜集、韓集皆可以當部經書讀。」（卷九）可見杜甫、韓愈在方氏心目中，有其獨特之地位。他認爲韓愈之本源是《六經》，因此「根本盛大，包孕眾多，巍然自開一世界。」（卷一），方氏以爲《六經》之外無文章，能用力於《六經》，兼取秦漢之文，通其辭，達其意，即可獨有千古，而「韓公一生，只用得此功，故獨步千古。」（卷一）至於韓詩，《昭昧詹言》卷九云：

　　韓公詩，文體多，而造境造言，精神兀傲，氣韻沈酣，筆勢
　　馳驟，波瀾老成，意象曠達，句字奇警，獨步千古。〔註64〕

此段評語，包含文體、造境、造言、精神、氣韻、筆勢、章法、意象、

〔註63〕　見清·方東樹《昭昧詹言》卷一，臺北：廣文書局，民國 51 年 8 月。
〔註64〕　同上，卷九。

字句，各方面，因此方氏論韓之資料，不但層次深，析理細，而且範圍廣。如論韓愈之「力避陳言」云：

> 去陳言，非止字句，先在去熟意：凡前人所已道過之意與詞，力禁不得襲用，於用意戒之，於取境戒之，於使勢戒之，於發調戒之，於選字戒之，於隸事戒之。凡經前人習熟，一概力禁之，所以苦也。〔註65〕

又云：

> 韓公去陳言之法，眞是百世師。但其義精微，學者不易知。如云「公詩無一字無來歷」，夫有來歷，皆陳言也，而何謂「務去」也？則全在反用、翻用，故著手成奇也。

又云：

> 原本前哲，卻句句直書即目，所以非蹈襲陳言：此是三昧微言。苟能於言下契悟，比於禪家參證，一霎直透三關矣。
> 〔註66〕

同是論力去陳言，卻一層深似一層，達於精微方止。再如：

> 杜韓有一種眞率樸質白道，不煩繩削而自合者。此必須先從艱苦怪變過來，然後乃得造此。若未曾用力，便擬此種，則枯短淺率而已。如公〈南溪始泛〉三篇、〈寄元協律〉、〈送李翱〉、〈寄鄂岳李大夫〉等，皆是文體白道，但序事，而一往清切，愈樸愈眞，耐人吟諷。〔註67〕

又云：

> 「高詞媲皇《墳》」與「至寶不雕琢，神功謝鋤耘」是兩境，上言「艱窮怪變」，下言「平淡」。此韓公自述兼此二能，不拘一律也。〔註68〕

此言韓詩兩種主要詩境，方氏總是如此不厭其詳，反覆說明，以求盡意。方氏喜以桐城義法觀念論析韓詩如：

〔註65〕 同上。
〔註66〕 同上。
〔註67〕 同上，卷九。
〔註68〕 同上。

頓挫之説，如：「有住必收，無垂不縮」、「將軍欲以巧服人，盤馬彎弓惜不發」，此惟杜韓最絕，太史公之文如此，〈六經〉、周、秦皆如此。(卷一)

古人文法之妙，一言以蔽之曰，語不接而意接。血脈貫續，詞語高簡，六經之文皆是也。俗人接則平順駑塞，不接則直是不通。韓公曰：「口前截斷第二句」太白云：「雲臺閣道連窈冥」須於此會之。(卷一)

欲學杜韓，須先知義法粗胚，今列其統例如左：如創意、選字、章法、起法、轉接、氣脈、筆力截止、不精經意助語閒字、倒截逆挽不測、豫吞、離合、伸縮、事外曲致、意象大小遠近皆令逼真、頓挫、交代、參差。(卷八)

李、杜、韓、蘇四大家，章法篇法，有順逆開闔展拓，變化不測，著語必有往復逆勢，故不平。韓、歐、蘇、王四家，最用章法，所以皆妙，用意所以深曲。(卷十一)

類似資料，不勝枚舉。方氏以義法觀念論詩，使韓詩微言妙旨，獨造之境，透過細膩論析，皆能一一展現。清代論者評韓詩之精言雋語向多，對後世皆有啟發性。如劉熙載《藝概》謂：「詩文一源。昌黎詩有正有奇。正者，即所謂約六經之旨以成文；奇者，即所謂時有感激怨懟奇怪之辭。」〔註69〕再如施補華《峴傭說詩》謂：「少陵七古間用比興，退之則純是賦。」沈曾植〈海日樓遺札〉云：「絕句以風神為主，宜柔不宜剛。柔者宜情不宜理，韓杜多涉理，故以拗句出之，此不得不然者。」陳衍《石遺室詩話》云：「元和以降，各人各具一套筆意，昌黎則兼有清妙、雄偉、磊砢三種筆意。」〔註70〕凡此皆可移以論韓詩。

　　總結而言，韓愈為中唐詩之大家，在唐代為文名所掩，「孟詩韓筆」為當時論者之固定印象。至司空圖讚賞其「驅駕聲勢」之筆力時，

〔註69〕　見清・劉熙載《藝概》卷三〈詩概〉，第 63 頁，臺北：華正書局，民國 74 年 6 月。

〔註70〕　以上資料，皆轉引自錢仲聯《韓昌黎詩繫年集釋》附錄，臺北：學海出版社，民國 74 年 1 月。

已近五代。宋初仍未能認識韓詩之價值，必至歐陽修之後，使正面肯定韓詩「工於用韻」及多樣之內涵。宋人對韓詩，誠如張戒《歲寒堂詩話》所言，持兩極對立之態度，然而不論是憎是喜，歷來論韓之主要問題，此時皆已展開。金元時期，不脫宋人餘緒，元好問之外，並無重要之詩評資料。明代論者，對韓詩毀譽不一，所作評論，雖非深度十足，然已對韓詩之特質、作風、缺陷、與歷史地位，有一定程度之理解。清代對韓愈之研究態度極認眞，韓詩名物之考證、事義之研索、詩境之抉發、乃至章法技巧、限制缺失，都有學者，提出寶貴論見。韓詩至此得到深度之研析，其價值亦獲公允之評估。

貳、韓詩在詩史上之地位

一、韓愈與北宋詩壇

宋詩繼唐詩而起，以重哲理、講詩法、主議論、不避俗，而別開蹊徑，大放異彩。宋詩之流變，前賢每採分派分體之法言之。宋·嚴羽《滄浪詩話·詩辯》、元·方回〈送羅壽可詩序〉(《桐江續集》卷三二)、元·戴表元〈洪潛甫詩集序〉(《剡源戴先生文集》卷八)、元·袁桷〈書湯西樓詩後〉(《清容居士集》卷四八)、清·宋犖《漫堂說詩》、清·全祖望《宋詩紀事·序》、清·紀昀《四庫全書總目提要》皆有論及。有關宋詩之流變，清·全祖望《宋詩紀事·序》云：

> 宋詩之始也，楊、劉諸公最著，所謂西崑體者也。說者多有貶辭。然一洗西崑之習者歐公，而歐公未嘗不推服楊、劉，猶之草堂之推服王、駱。始知前輩之虛心也。慶曆以後，歐、梅、蘇、王數公出，而宋詩一變。坡公之雄放，荊公之工鍊，並起有聲。而涪翁以崛奇之調，力追草堂，所謂江西詩派者，和之最盛，而宋詩又一變。建炎以後，東夫之瘦硬、誠齋之生澀、放翁之清圓，石湖之精致，四壁並開。乃永嘉徐、趙諸公，以清虛便利之調行之，見賞於水心，則四靈派也，而宋詩又一變。嘉定以後，江湖小

集盛行，多四靈之徒也。及宋亡，而方、謝之徒，相率為
急迫危苦之音，而宋詩又一變。〔註71〕

清‧宋犖《漫堂說詩》亦云：

宋初晏殊、錢惟演、楊億號「西崑體」。仁宗時歐陽修、梅
堯臣、蘇舜欽謂之歐、梅，亦稱蘇、梅，諸君多學杜、韓。
王安石稍後，亦學杜、韓。神宗時，蘇軾黃庭堅謂之蘇、
黃；又黃與晁補之、張耒、陳師道、秦觀、李廌稱蘇門六
君子；庭堅別開「江西詩派」，為江西初祖。南渡後，陸游
學杜、蘇，號為大宗；又有范成大、尤袤、陳與義、劉克
莊諸人，大概杜、蘇之支分派別也。其後又有「江湖」四
靈徐照、翁卷等，專攻晚唐五言，意卑卑不足道。〔註72〕

由此可知，韓愈詩在仁宗慶曆之後，對北宋詩壇，有極大之影響。宋
以後著名詩人，如：梅堯臣、蘇舜欽、王令、歐陽修、蘇軾、曾鞏、
王安石、黃庭堅都曾學韓詩。茲依序說明之。

（一）歐陽修

歐陽修（西元 1007～1072 年）字永叔，盧陵人。為北宋文壇領
袖人物。在文章方面，倡導復古；在詩歌方面，推動革新。其《六一
詩話》為我國第一部詩話著作。在《六一詩話》中，歐陽修曾對西崑
體之佳作表示推許，並不全然排拒。但是據宋‧葉夢得《石林詩話》
卷上，歐陽修是以氣格矯正西崑詩之一味雕琢堆砌。因此，「其言多
平易疏暢，律詩意所到處，雖語有不倫，亦不復論。」〔註73〕

歐陽修十分推崇韓愈，在宋仁宗景祐年間，召試學士院，入朝
為館閣校勘時，對韓愈文集曾作校勘，歐陽修〈記舊本韓文後〉末
段，又謂：「凡三十年間，聞人有善本者，必求而改正之。」可知

〔註71〕　見清‧全祖望《宋詩紀事‧序》，臺灣，鼎文出版社。

〔註72〕　見清‧宋犖《漫堂說詩》，載丁福保《清詩話》，第 419 頁，臺北：
　　　　　木鐸出版社，民國 77 年 9 月。

〔註73〕　見宋‧葉夢得《石林詩話》卷上，載清‧何文煥編《歷代詩話》，第
　　　　　407 頁，臺北：木鐸出版社，民國 71 年 2 月。

歐陽修在三十年間，不斷集錄韓文，對韓愈詩文集之傳世，貢獻甚大。宋・邵博《邵氏聞見後錄》卷十八，曾載劉中原父（崑按：疑爲劉敞原父）戲謂「永叔於韓文，有公取，有竊取，竊取者無數，公取者粗可數。」又載梅堯臣之戲語謂：「永叔自要做韓退之，強差我作孟郊。」（註74）邵氏所記，雖爲戲言，卻可間接看出韓愈在歐陽修心目中之地位。

宋・陳善《捫蝨新話》卷二曾以極長之篇幅，對比韓歐之長篇，謂：歐公〈凌溪大石〉效韓愈〈赤藤杖歌〉；〈石篆〉、〈紫石硯屏〉、〈吳學士石屏歌〉之篇法出於退之。（註75）清・劉熙載《藝概》卷二〈詩概〉云：「東坡謂歐陽公『論大道似韓愈，詩賦似李白。』然試以歐詩觀之，雖曰似李，其刻意形容處，實與韓爲逼近耳。」清・劉熙載《藝概》卷二〈詩概〉云：「歐陽永叔出於昌黎，梅聖俞出於東野。歐之推梅，不遺餘力，與昌黎推東野略同。」（註76）

韓愈「以文爲詩」之作法，在歐詩中大量運用；韓愈「以詩議論」之作風，歐詩亦予承襲。其〈再和明妃曲〉云：

漢宮有佳人，天子出未識。一朝隨漢使，遠嫁單于國。絕色天下無，一失難再得。雖能殺畫工，於事竟何益？耳目所及尚如此，萬里安能制夷狄！漢計誠已拙，女色難自誇。明妃去時泪，灑向枝上花。狂風日暮起，飄泊落誰家？紅顏勝人多薄命，莫怨春風當自嗟？（註77）

明・謝榛《四溟詩話》卷三，認爲此詩「耳目」四句，字繁辭拙，「流於議論，乃書生講章。」（註78）雖然如此，歐陽修以文爲詩之作法，

〔註74〕 見宋・邵博《邵氏聞見後錄》卷十八

〔註75〕 見宋・陳善《捫蝨新話》卷二，轉引自吳文治《韓愈資料彙編》，第263頁，臺北：學海出版社，民國73年4月。

〔註76〕 見清・劉熙載《藝概》卷二〈詩概〉，第66頁，臺北：華正書局，民國74年6月。

〔註77〕 見曾棗莊主編《歐陽修詩文賞析集》，第67頁，四川，巴蜀書社，1989年2月。

〔註78〕 見明・謝榛《四溟詩話》卷三，載清・丁福保《歷代詩話續編》，第

確爲矯西崑靡習之良方。宋詩亦經歐陽修之倡導，步入新境界。清·
吳之振《宋詩鈔》評歐陽修詩云：「其詩如昌黎，以氣格爲主，昌黎
時出排奡之句，文忠一歸之於敷愉，略與其文相似也。」所論甚是。

（二）梅堯臣

　　梅堯臣（西元 1002～1060 年）字聖俞，宣城人，嘉祐初詔賜進
士，官至屯田都官員外郎。有〈宛陵集〉六十卷。梅堯臣爲佐歐陽修
改變宋初詩體之大詩人。其詩初學韋應物，後與歐楊修友，遂轉而學
韓愈。其詩有古澹清切一面，亦有勁健瑰奇之一面。〈范饒州坐中客
語食河豚魚〉爲其名作，中間引述韓柳，云：

> 退之來潮陽，始憚餐籠蛇，子厚居柳州，而甘食蝦蟆，二
> 物雖可憎，性命無舛差。斯味曾不比，中藏禍無涯。其美
> 惡意稱，此言誠可嘉。（節錄自《宛陵先生集》卷五）

此詩曾由歐陽修在《六一詩話》中，視爲絕唱，稱譽甚高。梅堯臣多
次稱頌韓、孟之交。在〈永叔寄詩八首并祭子漸文一首因采八詩之意
警以爲答〉中稱頌：

> 昔聞退之與東野，相與結交賤微時，孟不改貧韓漸貴，二
> 人情契都不移。韓無驕矜孟無靦，直以道義爲己知。我今
> 與子亦似此，子亦不虧愧前人爲。（《宛陵先生集》卷五）

在〈讀蟠桃詩寄子美永叔〉中，謂：「孟窮苦纍纍，韓富浩穰穰。
窮者啄其精，富者爛文章。」在〈依韻和永叔澄心堂紙答劉原甫〉
中，謂：「退之昔負天下才，掃除眾說猶塵埃。張籍、盧仝鬥新怪，
最稱東野爲奇瑰。」〈依韻和宣城張主簿見贈〉云：「韓子於文章，
所貴不相傚，譬彼古今人，同心不同貌。吉從志久慕，亦以重名教。」
其〈讀邵不疑學士詩卷杜挺之忽來因出示之且伏高致輒書一時之語
以奉呈〉中，有「作詩無古今，爲造平淡難。……既觀坐長嘆，復
想李杜韓。」之句。其他如〈永叔寄詩八首并祭子漸文一首因采八
詩之意警以爲答〉、〈和通判太博雞冠花十韻〉、〈別後寄永叔〉、〈依

1197 頁，臺北：木鐸出版社，民國 77 年 9 月。

韻和永叔澄心堂紙答劉原甫〉、〈依韻和宣城張主簿見贈〉、〈讀邵不疑學士詩卷杜挺之忽來因出示之且伏高致輒書一時之語以奉呈〉、〈永叔贈絹二十匹〉、〈重賦白兔〉、〈和永叔內翰〉、〈雷逸老以仿石鼓文見遺因呈祭酒吳公〉都曾提及韓愈。還有〈余居御橋南夜聞袄鳥效昌黎體〉一詩，是學韓愈之〈病鴟〉；〈擬韓吏部射訓狐〉一詩，是模擬韓愈〈射訓狐〉；至於〈雷逸老以仿石鼓文見遺因呈祭酒吳公〉一詩，則是模擬韓愈之〈石鼓歌〉。總之梅堯臣受韓愈影響，十分明顯。清·吳之振《宋詩鈔》云：「聖俞詩其初喜爲清麗閑肆平淡，久則涵演深遠，間亦琢剡，以出怪巧。然氣完力餘，益老以勁。」實在十分精當。

（三）蘇舜欽

蘇舜欽（西元 1008～1048 年），字子美，是參知政事蘇易簡之孫。天聖中，學者爲文多病偶對，讀舜欽與穆修爲古文歌詩，其體豪放，往往驚人。《宋史》卷四四二有傳。歐陽修在〈水谷夜行贈子美、聖俞〉詩中稱：「子美氣尤雄，萬竅號一噫。」又比較蘇梅風格之差異云：「子美筆力豪儁，以超邁橫絕爲奇，聖俞覃思精微，以深遠閒淡爲意。」﹝註 79﹞梅堯臣〈偶書寄子美詩〉亦云：「君詩壯且奇」可知蘇舜欽詩以筆力豪儁，超邁橫絕見稱。其詩用字造句與氣勢，皆神似韓愈。如〈往王順山值暴雨雷霆〉云：

> 蒼崖六月陰氣舒，一霆暴雨如繩粗。霹靂飛出大壑底，烈火黑霧相奔趨。人皆喘汗抱樹立，紫藤翠蔓皆焦枯。逡巡已在天中吼，有如上帝來追呼。震搖巨石當道落，驚噪時聞虎與貙，俄而青巓吐赤日，行到平地晴如初。回首絕壁尚可畏，吁嗟神怪何所無。（《蘇學士文集》卷二）

此詩有韓愈〈衡岳廟〉詩及〈遊青龍寺〉詩之神韻，豪壯精釆，不下韓詩。但是宋詩也至蘇舜欽，始顯宋人之風味。

﹝註 79﹞ 見宋·歐陽修《六一詩話》，清·何文煥《歷代詩話》，第 267 頁，臺北木鐸出版社，民國 71 年 2 月。

（四）王安石

　　王安石（西元 1021～1086 年）字介甫，號半山，撫州臨川人。少時游於歐陽修之門，因歐陽修之薦，為校書郎。神宗時參與樞密院事，倡行新法。兩度罷相，退居江寧。安石亦反對西崑體，其詩早年與晚年不同，有歐詩好議論，好紀事之病；中年博觀約取，心儀杜甫，暮年始妙。

　　王安石對韓愈之態度，既學習又批判。其曾編選李白、杜甫、韓愈、歐陽修為《四家詩集》。在《臨川先生文集》卷十二〈秋懷〉詩云：「韓公既去豈能追，孟子有來還不拒。」這是對韓愈〈秋懷詩〉十一首之讚嘆。可是，在〈韓子〉一詩亦評韓愈：「力去陳言誇末俗，可憐無補廢精神。」宋‧邵博《邵氏聞見後錄》卷十八云：

> 王荊公以「力去陳言誇末俗，可憐無補廢精神。」，薄韓退之矣。然「喜深將策試，驚密仰簷窺。」又「氣嚴當酒暖，灑急聽窗知。」，皆退之〈雪〉詩也。荊公〈詠雪〉則云：「借問火城將策試，何如雲屋聽窗知」，全用退之句也。去古人陳言，以為非用古人陳言乃為是邪？〔註80〕

其實不止此也，宋‧胡仔《苕溪漁隱叢話》卷三十五〈半山老人〉指出：苕溪漁隱曰：荊公〈春日絕句〉云：「春日過柳綠如繰，晴日蒸紅出小桃。余嘗疑蒸紅必有所據，後讀退之〈桃源圖〉詩云：「種桃處處惟開花，川原遠近蒸紅霞。」蓋出此也。〔註81〕

　　元‧劉壎《隱居通義》卷六〈詩歌〉指出：

> 半山清遠韻度，獨步羣流。昌黎云：『天街小雨潤如酥，草色遙看近卻無。最是一年春好處，絕勝烟柳滿皇都。』意半山絕句機此。其發也，變化而神用之。此半山所長者。〔註82〕

〔註80〕　見宋‧邵博《邵氏聞見後錄》卷十八，轉引自吳文治編《韓愈資料彙編》，第 211 頁，臺北：學海出版社，民國 73 年 4 月。

〔註81〕　見宋‧胡仔《苕溪漁隱叢話》卷三十五，轉引自吳文治編《韓愈資料彙編》，第 240 頁，臺北：學海出版社，民國 73 年 4 月。

〔註82〕　見元‧劉壎《隱居通義》卷六〈詩歌〉，轉引自吳文治編《韓愈資料彙編》，第 636 頁，臺北：學海出版社，民國 73 年 4 月。

大體說來，王安石詩下字工、用事切、對偶精。不尙華豔卻豐肌健骨，其詩歌風格，一直不甚穩定。除前賢所指陳諸作學自韓詩之外，其運用險韻、求工而傷巧之近體詩，亦有模仿韓愈之痕跡。

（五）王　令

　　王令（西元 1032～1059 年），字逢原，江都人。一生貧病，王安石甚賞識，早死，王安石曾有詩挽之。清·紀昀《四庫提要》謂：「令才思奇軼，所爲詩磅礴奧衍，大率以韓愈爲宗，而出入於盧仝、李賀、孟郊之間。」（《廣陵集》提要）。金性堯《宋詩三百首》云：

> 他的詩峭拔勁健，很能體現他的個性，深受韓愈、孟郊之影響，故亦求奇求硬。古風最好，律詩亦常有佳句。如〈寄滿子權〉的「九原黃土英靈活，萬古青天霹靂飛。」，〈金山寺〉的「樓臺影落魚龍駭，鐘磬聲來水石寒。」，〈讀老杜詩集〉的「鐫鑱物象三千首，照耀乾坤四百春。」〔註83〕

王令也有像韓愈〈陸渾山火〉的獨特句式。如：「夫何此獨出群類」、「理有常爾夫何疑」，此外，其〈效退之青青水中蒲〉完全模擬韓愈，詩云：

> 雙雙水中鳧，足短翼有餘。飛高既能遠，行陸事安俱。
> 雙雙水中鳧，來疾去閒暇。江湖風挽波，泛泛自高下。
> 雙雙水中鳧，已往又回顧。弋者窺未知，舟來避還去。
> 雙雙水中鳧，常贊水中居。還有籠中鷙，騰軒仰不如。
> 雙雙水中鳧，食飽不出水。靈鳳來何時，鴻鵠志萬里。（《廣陵先生文集》卷八）

在〈韓吏部〉一詩中，更如此讚頌韓愈：

> 宣尼夾谷叱強齊，吏部深州破賊圍。始信眞儒能見用，可爲邦國大皇威。（《廣陵先生文集》卷十二）〔註84〕

夏敬觀《唐詩說·說韓愈》認爲：在宋人學韓詩諸家之中，「王逢原

〔註83〕　見金性堯《宋詩三百首》，第 124 頁，臺北：文津出版社，民國 76
　　　　　年 9 月。
〔註84〕　轉引自吳文治《韓愈資料彙編》，第 134 頁。

長篇有其筆。」可知韓愈對王令詩作之影響，十分明顯。

（六）蘇　軾

　　蘇軾（西元 1037～1101 年）字子瞻，眉山人，爲繼歐陽修之後主盟詩壇之大家。宋詩雖經歐陽修、梅堯臣、蘇舜欽努力開拓，而規模尙小，影響不大。至蘇軾，始推擴宋詩之領域。蘇軾天才橫溢，又經史雜著無所不窺，故能創出氣象宏闊，意趣超妙之作。

　　有關其詩歌淵源，說法甚多：宋・蘇轍〈亡兄子瞻端明墓誌銘〉云：「公詩本似李杜，晚喜陶淵明。」〔註85〕宋・陳師道《後山詩話》云：「蘇詩始學劉禹錫，故多怨刺，學不可不愼也。晚學太白，至其得意，則似之矣；然失於粗，以其得之易也。」〔註86〕金・趙秉文〈答李天英書〉云：「太白辭勝於理，樂天理勝於辭；東坡又以太白之豪、樂天之理，合而爲一，是以高視古今。」清・姚鼐〈今體詩鈔・序目〉云：「東坡天才，有不可思議處。其七律只用夢得、香山格調，其妙處豈劉、白所能望哉。」由此可知陶淵明、李白、杜甫、劉禹錫、白居易都曾對蘇詩之形成有影響。

　　再從《東坡題跋》及宋代論者所載資料觀之，蘇軾嘗深入研讀韓愈作品。然而其心靈有如洪爐，「金銀錫鉛，皆歸融鑄」（《說詩晬語》），詩材既經爐冶，窮極變化，已非前貌。前賢如錢大昕《十駕齋養新錄》卷十六、翁方綱《石洲詩話》雖曾指陳東坡某作出於韓愈，吾人實不易看出蘇詩學韓之痕跡。

　　可是，蘇軾確曾對於韓愈詩文提出精闢之論見，如謂：「詩之美者，莫如韓退之，然詩格之變，自退之始」、「子美之詩，退之之文，皆集大成者也。」再看蘇軾對韓、柳詩之比較謂「柳子厚詩，在陶淵明下，韋蘇州上；退之豪放奇險則過之，而溫麗精深不及也。」，顯

〔註85〕　見蘇轍《欒城後集》卷二二，轉引自黃啓方編〈北宋文學批評資料彙編〉，第 194 頁，臺北：成文出版社，民國 67 年 9 月。
〔註86〕　見宋・陳師道《後山詩話》，清・何文煥《歷代詩話》，第 306 頁，臺北木鐸出版社，民國 71 年 2 月。

示蘇軾充分了解韓詩之長處與限制。

此外，宋・劉克莊《後村詩話》亦謂：

> 坡詩略如昌黎，有汗漫者，有典嚴者，有麗縟者，有簡淡
> 者。翕張開闔，千變萬態，蓋自以其氣魄力量爲之，然無
> 非本色也。他人無許大氣魄力量，恐不可學。和陶之作，
> 如海東青、西極馬，一瞬千里，了不爲韻束縛。〔註87〕

清・趙翼《甌北詩話》卷五〈蘇東坡詩〉亦云：

> 以文爲詩，自昌黎始：至東坡益大放厥詞，別開生面，成
> 一代之大觀。〔註88〕

清・葉燮《原詩・內篇》亦云：

> 如蘇軾之詩，其境界皆開闢古今之所未有，天地萬物，嘻
> 笑怒罵，無不鼓舞於筆端，而適如其意之所欲出，此韓愈
> 後之一大變也。〔註89〕

綜合上述資料，則韓詩與蘇詩之關係，當不難理解。

（七）黃庭堅

黃庭堅，（西元1045～1150年），子魯直，號涪翁，洪州分寧人。自幼穎悟，頗負文名。與張耒、晁補之、秦觀游於蘇軾之門，時人稱爲「蘇門四學士」。庭堅雖游於蘇門，其詩卻與蘇軾分庭抗禮，同爲變化唐音，奠定宋格之代表人物。元祐詩壇，蘇黃並峙，其後詩形成宗派，一枝獨秀。劉克莊〈江西詩派小序〉云：「豫章稍後出，會粹百家句律之長，究極歷代體製之變，蒐獵奇書，穿穴異聞，作爲古律，自成一家，雖隻字半句不輕出，遂爲本朝詩家宗祖。」

黃庭堅爲求創造新格，高談句律，深究詩病，多奇文硬語，險韻拗律。並發展出奪胎、換骨之創作方法。自謂「寧律不諧，不使句弱；

〔註87〕 轉引自王大鵬等編《中國歷代詩話選》下冊，第878頁，長沙，岳
麓書社，1985年。

〔註88〕 見清・趙翼《甌北詩話》卷五〈蘇東坡詩〉，載郭紹虞編《清詩話續
編》，第1195頁，臺北：木鐸出版社，民國72年12月。

〔註89〕 見清・葉燮《原詩・內篇》，丁福保編《清詩話》，第570頁，臺北：
木鐸出版社，民國77年9月。

寧字不工，不使語俗。」其詩，《宋史》引陳師道云：「得法子美，學甫而不爲者也。」

　　關於韓愈詩文，黃庭堅〈病起荊江即事十首〉其七云：「文章韓杜無餘恨，草詔陸贄傾諸公。」〈與王觀復書〉云：「觀子美到夔州後詩，韓退之自潮州還朝後文章，皆不煩繩削而自合矣。」〈答洪駒父書〉云：「老杜作詩，退之作文，無一字無來處。」都是杜、韓連言，可知黃庭堅以杜甫、韓愈爲主要學習對象。清・方東樹《昭昧詹言》指出：

> 涪翁以驚、創、爲奇，意、格、境、句、選字、隸事、音
> 節，著意與人遠，此即恪守韓公「去陳言」、「詞必己出」
> 之教也。故不惟凡、近、淺、俗、氣骨輕浮，不涉毫端句
> 下，凡前人勝境，世所程式效慕者，尤不許一毫近似之，
> 所以避陳言，羞雷同也。而於音節，尤別創一種兀傲奇崛
> 之響，其神氣即隨此以見。杜韓後，眞用功深造，而自成
> 一家，遂開古今一大法門亦百世之師也。（卷十）

韓愈之追求奇險，或在題材、或在意念、或在字句表現；而黃庭堅不但在措辭、體貌上逞奇，更就意境、格調、構句、用典、聲律上，驚創爲奇，可謂較之韓愈更甚。但是，黃庭堅一如蘇軾，學習杜、韓作品，卻立意與杜、韓相離，以全量本領求其「不同」，雖不免「客氣假象」（《昭昧詹言》卷九語），仍能保有自我本色。清・方東樹《昭昧詹言》云：「杜公如佛，韓、蘇是祖，歐、黃諸家五宗也。此一燈相傳。」又云：「杜公乃佛祖，高、岑似應化文殊輩，韓、蘇是達摩。聖人復起，不易吾言矣。」此雖以佛門法系爲喻，卻頗能說明杜甫、韓愈、黃庭堅三家之淵源傳承關係。

二、韓詩歷史地位之評估

（一）遠溯《詩經》《楚辭》，其詩較時人溯流更遠

　　唐代名家，多從漢魏、六朝人而出，如陳子昂之風骨雅正，岑參高適之豪健奇峭，王維之精警高華，孟浩然之自然奇逸，韋應物之古

澹雅潔，所取資之對象，無非漢魏、六朝而已。方東樹嘗云：「莊以放曠，屈以窮愁，古今詩人不出此二派，進之則爲經矣。」唐以來詩人名家，其才思非不奇，識見非不高，皆去《經》甚遠，較近《莊》、《騷》之格。惟有杜甫，除遠溯《詩經》、《楚辭》外，更取資經書。因此，包孕更豐，堂廡更深。韓愈承杜甫之後，亦溯流至經書，所以能根柢槃深，詩法恣縱，巍然自開一世界。

（二）沿杜甫奇險一面，開疆拓域，為奇變一支之大宗

我國詩歌發展至漢魏，曹、劉、阮籍諸家之作，無不慷慨磊落，骨氣端翔，高古渾成。李、杜承六朝之後，欲恢擴詩境，度越前賢，不得不以奇正相生、波瀾層疊、變化莫測之詩法，塑造汪洋恣肆、雄渾沉鬱之詩境。清‧方東樹《昭昧詹言》卷一云：「杜公、太白，則如神龍夭矯屈伸，滅沒隱見，興雲降雨，神化不測。」又云：「大約太白詩與莊子文同妙，意接詞不接，發想無端，如天上白雲卷舒，滅現無有定形。」（卷十二）又云：「杜公包括宇宙，含茹古今，全是元氣迴，如江河之挾眾流，以朝宗於海矣。」（卷八）所述全在李、杜奇變不測一面。就吾國整體詩歌源流觀之，「奇變」一格，早已胎息於李、杜。因此韓愈在李、杜之後，爲求別開生面，勢不得不以杜甫尚未見發揮之「奇險」立格，雖其波瀾不如杜甫之變化莫測，然因才雄學富，仍足以開疆拓域，恢張奇變之格，自成一家。

（三）韓愈實於蘇、黃之前，首開詭變之例

金‧元好問〈論詩三十首〉絕句其二十二云：「奇外無奇更出奇，一波纔動萬波隨。只知詩到蘇黃盡，滄海橫流知是誰？」此謂：詩之求變，往往於無奇可生之處竟然更有奇出，有如一波才動，萬波翻湧相隨。就詩史觀之，詩至蘇軾、黃庭堅，奇變之妙，已臻極致，元好問質疑：使後世盡失奇變之規範，以致如滄海之橫流，豈非蘇、黃首開惡端？

關於蘇詩之出奇盡變，清‧趙翼《甌北詩話》卷五〈蘇東坡詩〉

云：

> 大約才思橫溢，觸處生春。胸中萬卷繁富，又足以供其左
> 抽右旋，無不如意。〔註90〕

關於黃庭堅之刻意求奇，《風月堂詩話》云：

> 黃魯直獨用崑體功夫，而造老杜渾全之境，禪家所謂更高
> 一著。〔註91〕

蘇、黃之求變，全以李、杜、韓爲師，蘇軾略近李白，而黃庭堅略近
韓愈。由於蘇、黃在學習前賢詩文時，刻意避免熟語陳意，因此，雖
承李、杜、韓三家而變之，卻仍有自我本色。蘇軾嘗謂：「詩之美者，
莫如韓退之，然詩格之變，自退之始。」東坡才高，尚能自我作主；
而山谷則以西崑手法，點鐵成金，所行已是末流功夫。宋‧王楙《野
客叢書》〈韓用杜格〉、〈韓杜詩意〉，曾指出韓愈學杜之密訣近似「奪
胎」「換骨」之法；而韓愈創體、創格、創句法，不乏生硬不成體統
者，若謂蘇、黃盡詩之奇變，啓後人橫恣亂變之例；則沿波討源，韓
愈實已開啓不良風氣於蘇、黃之先矣。

（四）韓詩為唐詩之一大變，後代大家，皆嗣法李杜韓蘇黃

　　韓愈以文名家，實則詩歌亦卓絕千古。前賢對韓詩之指責，無論
「押韻之文」、「豪放奇險過之，溫麗精深不足」、「古詩高卓，律詩要
有不工」、「於詩本無所解」、「誇多鬥靡，字難韻險」、「有大家之具，
神韻全乖」、「有崛張之病」、「負才欺世」、「可爲酒令」，雖各有論據，
然而，皆不明於韓愈詩得力之所在。韓詩誠如清高宗《御選唐宋詩醇》
卷二十七所云：

> 其壯浪縱恣，擺去約束，誠不減於李；其渾涵汪茫，千彙
> 萬狀，誠不減於杜。而風骨崚嶒，腕力矯變，得李杜之神
> 而不襲其貌，則又拔奇於二子之外，自成一家。〔註92〕

〔註90〕　同註88。
〔註91〕　引自王師禮卿《遺山論詩詮證》，第147頁，國立編譯館，中華叢書
　　　　　編審委員會，民國65年4月。
〔註92〕　清高宗御選《唐宋詩醇》第四冊，第768～770頁，臺灣，中華書局。

清・葉燮《原詩》卷一〈內篇〉亦認爲：「唐詩爲八代以來一大變，韓愈爲唐詩之一大變，其力大，其思雄，崛起特爲鼻祖。宋之蘇、梅、歐、蘇、王、黃，皆愈爲之發其端，可謂極勝。」〔註93〕此說得之。韓愈之所以在李杜之後自成之家、蘇、黃之所以在韓愈之後自成一家，關鍵都在：「得其神，不習其貌」，「學其詩，離而去之」；美才之所以輩出，文運之所以日新，皆緣於此。

〔註93〕 同註89。

第十二章　結　論

　　韓愈一生以儒家道統繼承人自居，在哲學思想之啓導上，有其不可磨滅之地位。在政治上，宦海浮沉，卒於官守，亦有建樹。歷代評論者，對於其古文創作，給予極高之評價。由本文之研析，吾人也應肯定韓愈在各體詩歌創作上，有其獨樹一格之成就。茲將本文之研究結論，陳述如次。

　　一、就韓愈一生事蹟來看，韓愈之宦歷及人格情操對其詩歌之形成，具有極重大之影響。韓愈一生志行，歸本儒家，自幼刻苦自勵，尤好讀書。《五經》之外，百氏之書，未有聞而不求，求而不觀者。以豐厚腹笥，發而為文，企圖以學問才力，恢張詩境，故其詩特善汲取前文、融鑄典故，其詩字字有來歷。

　　韓愈幼失怙恃，養於兄嫂，因此篤於情親，交友忠誠；甚至朋輩後生，亦真情相待。韓愈生性鯁直，操持堅正，一生遭遇無數挫折，韓愈均將憂時傷事、感慨無聊、窮途之哭、得時之喜、世路之詐、種種情緒，一一寄諸友朋。直氣徑達，毫不掩飾，故其詩嫻知人情物態，多感憤之辭。

　　韓愈夙負青雲之志，頗有用世之忱。經由四度應試，方能進士及第；三次應博學鴻辭試，未成。直到貞元十二年，初任汴州觀察推官，方展開長達二十七載之仕宦生涯。中間更易二十餘種職務，每一官

職，長則三年，短則數月，更易甚爲頻繁，且兩度貶謫廣東，仕途十分坎坷。韓愈皆以無比堅毅之態度一一渡過，從無退隱之意。韓愈既重視友誼，亦重視仕途之中所建立之各種關係，故其酬贈宦友之作，數量不少。韓愈投贈官場上司、同僚及官屬之作，或意在述志，或意在諷諫，或意在言事，或意在倡和，無不屬辭雅正，律度精嚴。即就贈與一般人之詩作，亦不乏頌揚今上之官紳語調，宋·張戒《歲寒堂詩話》嘗謂：「詩文字畫，大抵從胸臆中出，子美篤於忠義，深於經術，故其詩雄而正；李太白喜任俠，喜神仙，故其詩豪而逸；退之文章侍從，故其詩文有廊廟氣。」所謂「退之文章侍從，詩文有廊廟氣」，揆諸韓愈官場唱酬之作，堪稱近實。

　　二、韓愈之文學活動，集中在德宗、順宗、憲宗、穆宗四朝，此時外有異族寇擾，內有藩鎮割據，宮中宦官專權，朝中朋黨傾軋，而民間社會經濟尤其是賦稅制度，百弊叢生，可謂內憂外犯，交集而來。韓愈守道入世，發爲歌詩，所處正是如此之時局。然而，中唐時期之思想文化藝術環境，亦有重大變遷。簡言之，大曆、貞元初期之創新風氣對韓愈詩之形成，有其不可漠視之影響，其中又以皎然之詩歌理論影響最大；而唐代新佛學教義，亦於韓愈詩之觀物角度有所啓發，其中以天台、華嚴、禪宗之理論最具影響力；此外，更有書畫藝術風氣趨奇尚怪之薰陶，在這些文化因素之交互作用下，對韓愈奇險雄峻之詩風有一定程度之影響。

　　韓愈基本思想立場爲闢佛，然而在韓愈全集之中贈詩僧徒者十人，分別是：澄觀、惠師、盈上人、僧約、文暢、無本、廣宣、穎師、秀師；贈文者四輩，分別是：高閑、文暢、令縱、大顚。佛教對韓愈之影響，前節雖曾提出一些討論，但是韓愈與僧徒之往來唱酬，究竟是別有所取，或如前人所謂的「存心戲侮」，仍有若干研議餘地。經由本文之研究，韓愈所接觸或贈詩之僧徒分成兩類：一是具有特殊才調者，一是泛泛往來者。對於具有特殊才調之僧徒，韓愈顯然未理會佛門身份，大體能本儒家之立場，給予正面評價。對於泛泛往來之僧

徒，或基於社交禮節，禮貌題贈，或就其負面人格予以規諷，而對虛耗時日於俗流之僧徒顯然缺乏好感。韓愈在與僧徒詩文往來時，立場堅定，極有分寸。〈送僧澄觀〉云：「浮圖西來何施爲？擾擾四海爭奔馳。構樓架閣切星漢，誇雄鬥麗紙者誰？」〈送靈師〉云：「佛法入中國，爾來六百年。齊民逃賦役，高士著幽禪。官吏不之制，紛紛聽其然。耕桑日失隸，朝署時遺賢。」都是義正辭嚴，不稍假借。對於有才行之僧徒，往往急欲聚於之門下，促其還俗。此於唐代某些文士在與佛門往來之時，急於投合僧徒，不惜扭曲自身立場者，大不相同。

三、韓愈既有非凡之創作成就，亦有明確之文學主張。雖然這些主張大體針對古文而發，宜視爲韓愈長期撰作古文、思索文體改革問題之成果；然而也多少對詩歌創作產生指引作用。相對於古文論，韓愈之詩說資料不但零散、數量偏少，而且比較缺乏系統。就韓愈之古文論而言，韓愈是好道而爲文，因文以明道；因此，重視「閎其中而肆於外」之學識修養。重視養氣，要求作家能達到「氣盛，則言之短長與聲之高下者皆宜」之修養。

就韓愈之詩歌創作觀念而言，以〈送孟東野序〉、〈荊潭唱和詩序〉、〈與崔群書〉、〈柳子厚墓誌銘〉、〈送王含秀才序〉等文所傳述之「不平則鳴」說，最具特色。韓愈在〈荊潭唱和詩序〉中，進一步就「不平則鳴」之精神，論「窮苦之言益好」之說。韓愈由於強調「不平則鳴」之創作觀，因此對於創作主體之性質、構思活動之狀態，抱持迥異於佛老之主張。非但不重視「虛靜」之精神境界，反認爲激越之心態，才能產生眞切之生活體驗；有眞切之生活體驗，始可能寫出好作品。韓愈〈送高閑上人序〉即藉書法爲例，對此一問題，提出探討。

再就詩歌風格及詩歌源流理論來看，韓愈並無談論風格理論之單篇資料，只能就其批評詩友之詩句中，略窺端倪。韓愈既欣賈島雄奇怪麗之風格，亦接受其古淡平易之風格。而孟郊作詩，善於橫空出以硬語，卻能涵括物象，貼合事義，則筆下似有排奡之力，韓愈更是推服。韓愈以師法自然，摹寫自然爲主。但是，也希望透過精心簡擇取

捨之功夫，將人巧發揮極至，達於天工之境。因此，韓愈雄奇怪麗之
理想詩境，乃爲人巧、天工湊泊而成。

　　四、韓愈自幼好古敏求，對先秦、兩漢之學術，恣意研探。因此
先秦典籍對韓詩之形成，有其不可忽視之影響。就本文之考察，韓愈
對先秦文學之取資，堅守「建立本色」之原則。因此，不論是體製、
內涵、風格、氣象，或句法、用韻各方面，都視作品實際需要變化運
用。對於《詩經》特別重視其諷諭之精神、比興之手法；對於《楚辭》，
則倣法其憂愁幽思、怨而不亂之情懷，此所以能創造出典雅而不失自
我風格之作品來。

　　至於韓愈對於漢代詩歌，有（一）援用樂府古題而變其體式者，
如：〈琴操〉十首、〈劉生〉、〈有所思聯句〉、〈南山有高樹行贈李宗閔〉、
〈猛虎行〉等詩。（二）援用漢代古詩而變其體式者，如：〈感春四首〉、
〈病鴟〉、〈利劍〉、〈寄崔二十六立之〉、〈嗟哉董生行〉等詩。（三）
有師法建安之格調者，如：〈赴江陵途中寄贈王二十補闕李十一員外
李二十六員外翰林三學士〉、〈暮行河堤上〉、〈北極一首贈李觀〉、〈重
雲一首李觀疾贈之〉、〈江漢一首答孟郊〉、〈答孟郊〉、〈歸彭城〉、〈醉
贈張秘書〉、〈送靈師〉、〈送惠師〉各詩或述離別、或攄懷抱、或慰友
疾、或刺傷亂、或褒惜僧徒、無不感事陳詞，筆力馳騁；詳切懇惻，
氣骨遒勁。此當爲韓愈枕藉建安，步武老杜之結果。因能於格調、氣
象兩方面，上承漢魏風骨。

　　韓愈雖於〈薦士〉詩云：「逶迤抵晉宋，氣象日凋耗。」然因唐
代舉進士，試以詩賦，不能不熟讀《文選》，故於選詩，亦有所取資。
本文曾舉二十詩例爲證，說明韓詩學《文選》。由此二十例觀之，可
見韓愈對《文選》之取資集中在六朝詩文之字句方面。清・章學誠嘗
謂：「韓退之曰：『記事者必提其要，纂言者必鉤其玄。』……蓋亦不
過尋章摘句，以爲撰文之資助爾。」韓愈之學《文選》亦可作如是觀。
清・方東樹《昭昧詹言》卷五云：「以新意清詞意陳言熟意，惟明遠
退之最嚴。政如顏魯公變右軍書，爲古今一大界限。」韓愈顯然激賞

《文選》諸作之鍊字功夫，亦深知文字是日新之物，若陳陳相因，必日趨臭腐。故韓愈大體以六朝人之詩文字句爲本源，而臨文之際，重加鑄鍊，此所以能既去陳言，又字字有來歷也。至於陶、謝詩，韓愈亦有取資。於陶，取其天資高，趨詣遠，詩風沖淡自然。於謝，則每於山水之遊，所作諸詩，效法其鏤景入細，句法峭折之功夫。

五、論及韓愈與前輩作家之淵源關係時，前賢常謂「韓詩學杜」。歷代詩文評論者，對杜韓關係也有較多討論。本文第七章即從宋代以來，具有代表性資料，加以察考。

從《韓昌黎集》來看，提及杜甫之詩篇，共有六首，分別是：〈醉留東野〉、〈感春四首〉之二、〈薦士〉、〈石鼓歌〉、〈酬司門盧四兄雲夫院長望秋作〉、〈調張籍〉。其中以〈調張籍〉一首最值得重視。由於前述六首韓詩，皆爲李杜並舉，因此，一些清代詩評者如：沈德潛、趙翼，都認爲韓愈是「李杜並尊」，但也有人持另一種看法，如王闓運便指出：「韓愈並推李、杜，而實專於杜。」揆諸事實，以王氏爲確。歷代對於韓、杜關係之討論，自然遠超過韓、李。

綜括前賢評論杜韓關係之資料，大概可分爲五類：一是杜韓作風之比較，二是自用韻推測詩作之承襲關係，三是自句法之相類說明韓愈之學杜，四是自用意之相類推斷韓愈之學杜，五是自作法之相類推斷韓愈之學杜。本章在第三節徵引各類具代表性之評論加以撿視，指出這些資料可取之處。而前賢論韓杜關係之資料中，亦有直陳某首韓詩出於某首杜詩者，在本文第四節中皆一一詳加比對，具體指陳韓詩學杜之處，也於可議之論見，提出修正看法。

就本章之察考，可知宋代以降，論及韓愈與杜甫關係之資料，數量既多，且層面甚廣。韓愈平生心摹力追李杜，於杜甫詩藝，尤其嚮往。前賢不論自作風比較、用韻模式、作法作意各方面進行銓衡，都能發現韓愈取法杜甫之蛛絲馬跡，「韓詩學杜」實爲無可置疑之客觀事實。

宋人對杜韓下過極深工夫，對韓詩如何學杜，曾有發人深省之揭

示，如：王楙《野客叢書》〈韓用杜格〉、〈韓杜詩意〉，已經指出韓愈學杜之密訣近似黃山谷「奪胎」「換骨」之法；只是爲未曾理論化，並給與定名而已。以高明之融鑄功夫，變化成句、吸納舊義，使之成爲自家血肉筋骨，杜甫最是能手。韓愈詩之所以能橫空硬語、奇情鬱起，肯定學自杜甫。清人趙翼對韓愈走向「奇崛」之路，作了甚具說服力之解釋，但亦提醒後人，韓愈「文從字順中自然博大」之作，更應重視。清人對韓愈繼承杜甫之後發揚光大之詩體，以五七言古體詩最爲留意，認爲：韓愈不僅不相沿襲，而且別開生面。這些意見，已成文學史之定論。

　　六、本文第七章分：（一）韓愈詩之諷諭色彩、（二）韓愈詩之思想意識、（三）韓愈詩之山水形勝、（四）韓愈詩之生活情調，各舉詩例，詳爲探析韓愈詩之內涵。韓愈《汴州亂》二首，是以藩鎭僚屬身份對朝廷政策提出批評之第一首。其後在〈送河陽李大夫〉、〈齪齪〉、〈歸彭城〉中，對時局之紊亂、朝士之無所作爲、水災帶來之動亂饑饉，徑直提出批評。〈讀東方朔雜事〉更及於當時之權倖，暗諷時君之縱容，這種作詩之意圖，與元、白以詩「補察時政，泄導人情」並無不同。韓愈另有一些詩如〈苦寒〉、〈詠雪贈張籍〉、〈題炭谷湫祠堂〉、〈東方半明〉、〈龍移〉、〈猛虎行〉則改以極端隱曲之筆法寫成，這些詩不論其動機在言事、譏刺、或自我解嘲，其主要意旨大多在反映現實政治，解讀這些詩篇，即多少能掌握德宗、憲宗朝之政治情態以及韓愈之感興。此外，〈豐陵行〉對唐代皇室之陵寢制度，勇敢提出異議；〈南山有高樹行贈李宗閔〉，借用寓言表達規戒之意；〈短燈檠歌〉，以如椽之筆諷刺貧士得志忘本；〈雜詩四首〉以朝蠅暮蚊、烏噪鵲鳴，譏諷競進之徒；〈利劍〉託劍爲喻，以刺讒夫；〈射訓狐〉託鵂鶹爲喻，嘲諷時人朋黨相扇；〈病鴟〉託鴟爲喻，嘲諷背德負恩之人。揆其內涵，都有針砭時俗之意。這些詩篇，則是承襲《楚辭》託草木爲喻之傳統，對世俗風氣，進行毫不留情之嘲諷。

　　韓愈在古文中觗排佛道，張揚儒家思想，在詩中亦不例外。如：

〈送僧澄觀〉、〈送靈師〉對佛教之抨擊，與〈原道〉、〈論佛骨表〉之基本觀念，完全相同。至於其排擊道教神仙之篇章，則見諸〈題木居士二首〉、〈遊青龍寺贈崔大補闕〉、〈記夢〉、〈誰氏子〉、〈桃源圖〉、〈謝自然詩〉、〈華山女〉等篇。可謂篇篇義正辭嚴，不稍寬假。或明言、或暗喻，總在指斥佛教信仰，妨礙社會經濟之正常發展；道教神仙之說，敗壞倫常、蠱惑庶眾。諸詩雖因過度使用議論，以致削弱其藝術性，而其內涵，卻最能真實呈現韓愈之思想。

　　韓詩之中，最富於儒家色彩者，當推〈琴操十首〉，其中有七首內容牽涉到儒家人物。〈將歸操〉之主要意念來自〈史記·孔子世家〉，乃以代言之手法，描述孔子聞殺鳴犢之後，不入趙國之心聲。〈猗蘭操〉借蘭為喻，大力頌揚蘭性，以發抒孔子不遇於時之心聲。〈龜山操〉代孔子表達悃款不移之忠心。〈越裳操〉代周公歌詠周之先祖，以彰顯周公謙謙之德。〈拘幽操〉代文王表達囚禁於羑里之心情，傳神呈現文王之人格情操。〈歧山操〉以周公之語氣，代古公亶父表達遷居歧山意在避免戰爭。〈殘形操〉代曾子敘述夢見無頭狸之經過。這些詩，若就形式而言，誠然為假設模擬之作；就其內涵而言，韓愈代孔子、周公、文王、古公亶父抒發心聲，都有對其嘉言彝行表示敬仰認同之意。韓愈借〈琴操〉張揚儒門之用心，十分明顯。至於：〈條山蒼〉頌揚陽城之節行，再如〈孟生詩〉之頌讚孟郊，〈嗟哉董生行〉頌揚董召南之慈孝，都與韓愈一貫之儒家思想有關。

　　韓愈詩中，還有大量紀遊之作。此因遊山玩水本為唐代上流社會之風氣。帝王既好宴游，朝廷也以此鼓勵群臣。每月之旬假，群臣例得尋勝地宴游。韓愈數度在京畿為官，故能暢游終南山、曲江、青龍寺、太平公主山莊、杏園等地，各有詩記之。另外，韓愈貶陽山、潮州，赴任途中及移宦他處時，亦各有詩篇記載南方風物，或描寫沿途山水名勝。而從征蔡州及宣撫鎮州兩度軍旅活動，亦對沿途形勝，有所記述。本章大致分為「寺觀園林之描繪」、「壯麗山河之歌詠」兩部分，各舉詩例說明。根據本文之考察，韓愈之紀遊詩，常取以理觀物

之態度，對客觀景象作細膩之刻繪。甚少在景物中涵融個人感情。所用詩語，根柢經傳，造成典重札實、字字有據之特色。寫景之間，喜夾雜敘事，或混入議論。從整體風格看，實較偏向謝靈運之作風。

此外，韓愈也勤於將生活細節及各種生命情境之感受，以「無施不可」之筆力，予以表露。在本文中，曾就飲酒、垂釣、賞花、騎馬、打獵、鬥雞、落齒、生病，等項各徵詩例說明。經由這些詩，不難見到韓愈眞實之性情與開闊之胸襟。

七、至於韓愈詩之形式，經由本文之察考，不難獲悉韓愈一方面繼承漢、魏古詩之傳統，另一方面企圖挾其雄厚之才學，超凡之筆力，對詩歌體式、平仄、用韻，進行改造。在體式方面如：不轉韻長篇五古及七古、長篇聯句，實爲罕見之偉觀。律體雖非所長，亦在三韻小律、拗律體，有所承創。他如奇數句成篇之古詩，乃至於涉及作法之排偶句法古詩、剛硬筆法之絕句，皆有其創造性及歷史意義。韓愈詩由於曾經刻意仿效先秦、兩漢作品之用韻，少數詩作，韻部極寬。但大多數詩作，仍遵循當時之語音規律。其拗體、仄韻之作，成爲宋人傚效之對象。其句式之襲用散句，至宋代亦有後續之發展。清·趙翼《甌北詩話》卷三嘗謂：「自沈、宋創爲律詩後，詩格已無不備。至昌黎又嶄新開闢，務爲前人所未有。」揆諸韓集，洵非虛言。

八、在韓愈詩之作法方面，本文分爲五節加以析論。首先論韓愈詩之聯章構造。其次，分就前敘後斷、夾敘夾議、縷敘細事、敘寫兼行、通篇賦體、通篇比體、虛實相間等項，各舉詩例，詳爲論析，以見韓詩章法之嚴密。第三，論析韓愈詩之句字運用。分別針對句法、字法、構句、用字藝術，深入探索。第四，論韓愈詩之隸事用典。亦先通論隸事用典，再深入韓愈論析用典之技巧。第五，論韓愈詩之託物表意手法，列舉「託興」與「託諷」二目，深入說明之。通過本文之考察，吾人不難看出韓愈詩之創作技法，不僅造語奇變、筆勢縱恣，而且章法嚴明、託興深遠。韓愈力去陳言，又必以文從字順爲貴。由於筆力強、詩法高，因能無所不達、別開生面，造出雄奇瓖偉之詩境。

　　九、關於韓詩之風格，本文先論韓詩之「奇險」風格。指出韓愈奇險風格之形成，有其內在性格之因素，此即「崇尚奇偉」之性格；亦有其詩法之因素，此即「陳言務去」之創作主張。本文徵引〈陸渾山火〉、〈月蝕詩〉、〈嘲鼾睡〉、〈雙鳥詩〉爲例，說明韓愈喜拈取醜怪、離奇之題材入詩或違情悖理之意念表現，造成奇險風格。

　　其次，論韓詩之「豪雄」風格。徵引〈此日足可惜〉、〈赴江陵途中寄贈三學士詩〉、〈劉生〉爲例，說明韓愈善於使用古文章法造成豪雄之藝術風格。徵引〈南鄭相公樊員外酬答爲詩其末咸有見及語樊封以示愈依賦十四韻以獻〉、〈送無本師歸范陽〉、〈病中贈張十八〉、〈苦寒〉等詩，說明韓愈以盤硬鑱刻之語句，奇肆幽怪之內容，展現豪雄健崛之詩風。另外徵引一些不用盤硬奧澀之措辭，而是運以出神入化之想像的作品如：〈游青龍寺贈崔大補闕〉、〈石鼓歌〉、〈調張籍〉等詩，說明韓愈善用出人意表之想像，以造成豪雄之藝術風格。

　　第三，論韓詩之「淡雅」風格。指出韓愈部份詩作如〈條山蒼〉、〈忽忽〉、〈落葉一手贈陳羽〉、〈題楚昭王墓〉、〈晚菊〉、〈送湖南李正字歸〉、〈送李六協律歸荊南〉、〈閒遊二首〉、〈南溪始泛三首〉，或以不假修飾，造成古雅沖淡之藝術風格；或採和易眞率之作法，形成清新自然之藝術風格。

　　據本文之察考，韓愈詩之藝術風格不一種。大體早年好以《詩經》、《楚辭》、漢、魏古詩爲法，詩風古雅沖淡；中年以豪雄、奇崛之本色見稱於世；晚年之作，詩興或無不同，而火候圓融，氣勢稍減，一掃鑱刻盤硬之舊格，改以和調平易手法即物寫心，因造自然淡雅之詩境。

　　十、關於韓愈詩之評價，本文先檢討唐以來對韓詩之評價。指出：韓愈爲中唐詩之大家，在唐代爲文名所掩，「孟詩韓筆」爲當時論者之固定印象。至司空圖讚賞其「驅駕聲勢」之筆力時，已近五代。宋初仍未能認識韓詩之價值，必至歐陽修之後，使正面肯定韓詩「工於用韻」及多樣之內涵。宋人對韓詩，一如張戒《歲韓堂詩話》所言，

持兩極對立之態度，然而不論是憎是喜，歷來論韓之主要問題，此時皆已展開。金元時期，不脫宋人餘緒，元好問之外，並無重要之詩評資料。明代論者，對韓詩毀譽不一，所作評論，雖非深度十足，然對韓詩之特質、作風、缺陷、與歷史地位，已有一定程度之理解。清代對韓愈之研究態度極認真，韓詩名物之考證、事義之研索、詩境之抉發、乃至章法技巧、限制缺失，都有學者，提出寶貴論見。韓詩至此得到深度之研析，其價值亦獲公允之評估。

　　關於韓愈詩對北宋詩壇之影響，本文舉梅堯臣、蘇舜欽、王令、歐陽修、蘇軾、曾鞏、王安石、黃庭堅爲例，詳細論證這些詩人接受韓詩之影響。最後提出四點評價：（一）韓愈遠溯《詩經》《楚辭》，其詩較時人溯流更遠。（二）韓愈詩沿杜甫奇險一面，開疆拓域，爲奇變一支之大宗。（三）韓愈實於蘇、黃之前，首開詭變之例。（四）韓詩爲唐詩之一大變，後代大家，皆嗣法李杜韓蘇黃。總之韓愈在詩史有其獨特之地位。

附錄一　韓愈著作考述

壹、昌黎先生集之版本註本源流

一、昌黎先生集之編輯與校勘

（一）編　輯

唐‧李漢〈唐吏部侍郎昌黎先生韓愈文集序〉云：

> 長慶四年冬，先生歿。門人隴西李漢辱知最厚且親，遂收
> 拾遺文，無所失墜。得賦四、古詩二百五、聯句十一、律
> 詩一百七十三、雜著六十四、書啓序八十六、哀辭祭文三
> 十八、碑誌七十六、筆硯鱷魚文三、表狀四十七、總七百。
> 并目錄合爲四十一卷，目爲《昌黎先生集》，傳於代。又有
> 《注論語》十卷，傳學者。《順宗實錄》五卷，列於史書，
> 不在集中。〔註1〕

由此序可知韓愈之文集是門人李漢所編輯的。但是關於韓愈作品之統
計，另有不同之記載。如四部叢刊本《朱文公校昌黎先生集》李漢〈序〉
作：「得賦四、古詩二百一十、聯句十一、律詩一百六十、雜著六十
五、書啓九十六、哀辭祭文三十九、碑誌七十六、筆硯鱷魚文三、表

〔註1〕　見《唐文粹》卷九十二。

狀五十二，總七百。」除賦、聯句、碑誌、筆硯鱷魚文及總數相同之外，其他各類詩文統計數目極不一致。現存韓愈詩文總數，若依馬其昶《韓昌黎文集校注》、錢仲聯《韓愈詩繫年集釋》統計：共有各體文三百二十四篇、題名七題、《順宗實錄》五篇；各體詩三百一十四題，疑偽詩三題，合計四百一十四首。

（二）考 証

　　韓愈詩文經由門弟子李漢編輯，無所失墜，因此絕大部分，流傳至今。但是，唐宋之際，迭經傳鈔，亦滋生訛誤。尤以北宋初期，楊億、劉筠、錢惟演俱有文名；其後同入館閣，所作詩文，一以李商隱為宗，西崑勢力，聳動天下。學者多宗楊、劉，未嘗措意於韓文。天聖（西元 1023 年）以後，文風趨進於古，韓文遂行於世；然而已患集本舛訛，無從諟正。宋‧穆修在《唐柳先生集‧後序》曰：

> 予少嗜觀二家之文，常病柳不見全於世，出人間者，殘落
> 纔百餘篇。韓則雖其全，至所缺墜，亡失字句，獨於集家
> 為甚。志欲補其正而傳之，多從好事訪善本，前後累數十，
> 得所長，輒加註竄。過行四方遠道，或他書不暇持，獨齎
> 韓以自隨，幸會人所寶有，就假取正。凡用力於斯，已蹈
> 二紀外，文始幾定。〔註2〕

可知穆修曾以二十餘年之時光補正韓集。晚年還曾募工鏤板，印行韓柳集數百部，設市鬻之。其後，歐陽修亦曾校訂韓集。歐陽修在〈記舊本韓文後〉云：

> 予少家漢東，漢東僻陋無學者；吾家又貧，無藏書。州南
> 有大姓李氏者，其子堯甫（一作彥輔）頗好學。予為兒童
> 時，多遊其家，見有弊筐貯故書在壁間，發而視之，得唐
> 《昌黎先生文集》六卷，脫落顛倒無次第，因乞李氏以
> 歸。……年十有七歲，試於州，為有司所黜。……後七年，
> 舉進士及第，官於洛陽，而尹師魯之徒皆在，遂相與作為

〔註2〕 見《河南穆公集》卷二，引自吳文治編《韓愈資料彙編》，第 85 頁，
　　　　 學海出版社，1984 年 4 月。

古文。因出所藏《昌黎集》而補綴之，求人家所有舊本而校定之。其後天下學者亦漸趨於古，而韓文遂行於世。至於今，蓋三十餘年矣。〔註3〕

從本文及其生平行實察考，歐陽修校定韓文之時間，大約始於宋仁宗景祐元年，召試學士院，入朝爲館閣校勘之際。歐陽修對韓集之校勘所下之功夫，可從《集古錄》之跋尾略窺端倪。在〈唐韓愈南海神廟碑跋〉云：

今世所行《昌黎集》，類多訛舛，惟〈南海碑〉不舛者，以此刻石人家多有故也。其妄改易者頗多，亦擇刻石爲正也。〔註4〕

在〈唐韓愈黃陵廟碑跋〉云：

《昌黎集》今大行於世，而患本不眞。余家所藏，最號善本，世多取以爲正，然時時得刻石校之，猶不勝其舛謬。是知刻石之文可貴也，不獨爲翫好而已。〔註5〕

在〈唐胡良公碑跋〉云：

右〈胡良公碑〉韓愈撰。良公者名珦，韓之門人，張籍妻父也。今以碑校余家所藏《昌黎集》本號最精者，文字猶多不同。皆當以碑爲正。兹不復記。〔註6〕

由此三條跋尾，可知歐陽修在整理韓集時，還運用石刻文字，凡是印本與碑本不同概以碑本爲正。歐陽修〈記舊本韓文後〉末段，又謂：「凡三十年間，聞人有善本者，必求而改正之。」可知歐陽修在三十年間，不斷集錄韓文，所以家藏韓集，成爲當時學者共傳之善本。

〔註3〕　見《歐陽文忠公集》卷七十三《外集》二十三，引自吳文治編《韓愈資料彙編》，第 109 頁，學海出版社，1984 年 4 月。
〔註4〕　見《歐陽文忠公集》卷一四一《集古錄跋尾》八，引自吳文治編《韓愈資料彙編》，第 114 頁，學海出版社，1984 年 4 月。
〔註5〕　見《歐陽文忠公集》卷一四一《集古錄跋尾》八，引自吳文治編《韓愈資料彙編》，第 115 頁，學海出版社，1984 年 4 月。
〔註6〕　見《歐陽文忠公集》卷一四一《集古錄跋尾》八，引自吳文治編《韓愈資料彙編》，第 115 頁，學海出版社，1984 年 4 月。

（三）校　勘

　　宋人對韓集所作之校勘，以洪興祖、方崧卿、朱熹之貢獻最大。
洪興祖在《韓子年譜‧序》引錄歐陽修〈唐田宏正家廟碑〉之跋語，
重申「諸本不同，往往妄加改易，而印本初未必誤」「文字之傳久失
其眞者多矣」之道理，宣稱：

> 予校韓文，以唐本、監本、柳開、劉燁、朱台符、呂夏卿、
> 宋景文、歐陽公、宋宣獻、王仲至、孫元忠、鮑欽止及近
> 世所行諸本參定，不敢以私意改易。凡諸本有異同者兼存
> 之。考歲月之先後，驗前史之是非，作年譜一卷，其不可
> 以歲月繫者，作《辨證》一卷，所不知者闕之。〔註7〕

洪興祖之校本，使用比較精密之方法從事校勘。洪氏秉持客觀之態
度，對諸本之異同，不敢以私意妄加改易，往往異同兼存。可惜，洪
氏之校本並未流傳。

　　方崧卿之校勘成果，見之於淳熙己酉（西元 1189 年）刊於南安之
《韓集舉正》十卷《外集》一卷。按方崧卿字季申，爲方廷實之從子，
宋孝宗隆興（西元 1163～1165 年）間進士，官京西轉運判官。所至有
惠政，祿賜之半，充作鈔書之用，藏書達四萬卷，著有《韓詩編年》《韓
集舉正》。據方崧卿《韓集舉正敘錄》所載，是書所據版本有：石本、
碑本、（內有〈汴州東西水門記〉、〈燕喜亭記〉等十七種）、唐令狐氏
本、南唐保大本、秘閣本、祥符杭本、嘉祐蜀本、趙德《文錄》本、《文
苑英華》、《唐文粹》、謝本、李本。此外，還參考宋‧洪興祖之《辨證》、
宋‧樊汝霖之《譜註》、宋‧董彥遠之《韓文考》三卷、宋‧姚令威之
《詩註》及興仁府常家所藏舊川本。方氏在版本之搜集上，可謂相當
完備，校勘之方法也客觀周密，如《韓集舉正》卷一云：

> 字之當刊正者，以白字識之；當刪削者，以圈毀之；當增
> 者位而入之；當乙者，乙而倒之；字須兩存，而或當旁見
> 者，則姑註於其下，不復標出。閣與杭蜀皆同，則合三本

〔註7〕　見清‧馬曰璐《韓柳年譜》《韓文類譜》卷第三，臺灣商務印書館，
　　　　據粵雅堂叢書景印，1978 年 3 月。

　　而言之：同異不齊，則誌其長者……庶幾後學得以考韓氏

之舊也。〔註8〕

清‧紀昀《四庫全書總目提要》稱讚方氏《韓集舉正》之體例較之朱
子《韓文考異》更爲明晰，但也指出「偏信閣本，是其一失。」此書
雖因後來朱熹也作相同之工作，受朱子盛名所掩，歷經元、明兩代，
幾乎亡佚，可是也有不少獨到之意見，因此與朱熹之《韓文考異》一
并收入《四庫全書》。

　　朱熹之校勘成果完全展現在《韓文考異》之中。朱子《韓文考異
序》云：

　　　南安韓文出莆田方氏，近世號爲佳本，予讀之信然。然猶
　　　恨其不載諸本同異，而多折衷於三本也。〔註9〕

其《書韓文考異前》又云：

　　　此集今世本多不同，惟近歲南安軍所刊方氏校本號爲精
　　　善，別有《舉正》十卷，論其去取之意，又他本所無也。
　　　然其去取，以祥符杭本、嘉祐蜀本及李謝所據館閣本爲定，
　　　而尤尊館閣本；雖有謬誤，往往曲從，他本雖善，亦棄不
　　　錄。至於《舉正》，則又例多而辭寡，覽者或頗不能曉知。
　　　故今輒因其書，更爲校定，悉考眾本之同異，而一以文勢
　　　義理及他書之可驗者決之。苟是矣，則雖民間近出小本，
　　　不敢違；有所未安，則雖官本、古本、石本不敢信。〔註10〕

由此可知，朱熹對方崧卿《韓集舉正》最大之不滿是：方氏雖根據十
餘種版本校勘，實際是以祥符杭本、嘉祐蜀本及李漢老、謝任伯所校
之秘閣本爲準。三本之中，又偏信閣本，所謂閣本，在朱熹心目中，
不過是「民間所獻，掌故令吏所鈔，而一時館職所校耳！其所傳者，
豈眞作者之手稿？而是正者，豈盡劉向、揚雄之倫哉？」此外，《舉正》

〔註8〕　見宋‧方崧卿《韓集舉正》卷一，臺灣商務印書館，文淵閣四庫全
　　　　書本，第1073-4頁，1986年7月。
〔註9〕　見《朱文公文集》卷七十六《韓文考異序》，引自吳文治編《韓愈資
　　　　料彙編》，第408頁，學海出版社，1984年4月。
〔註10〕見朱熹《昌黎先生集考異》卷第一，上海古籍出版社，1985年2月。

是單獨刊行，例多辭寡，閱讀不便，所以根據方氏《舉正》重新校定。凡是方本之合者存之，不合者一一詳為辨證。其體例仿自陸德明《經典釋文》之例，摘正文一二字，以較大字體書之，然後將所考校之結果夾註其下。至宋朝末年，王伯大始將朱熹《考異》散附於韓愈各篇作品之下；由於更易閱覽，王伯大整編之《韓文考異》四十卷、《外集》十卷、《遺文》一卷之本子，流傳甚廣，朱子原本，幾乎湮滅不傳。幸而清・李光地從朱子門人張洽所校舊本翻雕，恢復了朱熹《韓文考異》之原貌。四庫全書將朱熹之別本與王伯大之別本，一併收存。

二、昌黎先生集之版本

（一）唐五代

△唐・令狐氏本

據方崧卿《韓集舉正・敘錄》，此本為令狐綯之子令狐澄所藏，是唐懿宗咸通十一年（西元 870 年）之書。全書僅有詩賦十卷。

△南唐・保大本

保大為南唐中主李璟之年號，約當西元九四三年至九五七年。據方崧卿《韓集舉正・敘錄》，在宋平定南唐之後，曾賜贈南唐翰林院書三千卷，這些書籍至宋真宗天禧年間（西元 1017～1021 年）亡失甚多，僅得千餘卷，而且多不成部帙。其中以《韓集》而論，亦僅存祭文墓誌數卷，方氏對此亦未能見全書。

△趙德文錄本

據方崧卿《韓集舉正・敘錄》，是書原有六卷，七十五首，當時已不傳，然猶能於諸家校本中得知一二。

（二）宋　代

△祥符杭本

此本為宋真宗大中祥符二年（西元 1009 年）杭州明教寺所刊，其內容和祕閣本多同。據方崧卿《韓集舉正・敘錄》，此本尚未

有《外集》，與閣本多同。

△嘉祐蜀本

此本爲蜀人蘇溥在宋仁宗慶曆間（西元 1041～1048 年）所校，仁宗嘉祐年（西元 1056～1063 年）刊行於蜀。此本係就河東先生本（柳開）、劉龍圖本（劉燁）、歐、尹二學士本增修。韓文之有《集外篇》、有音切，自此本始。據朱熹之《韓文考異》，知嘉祐蜀本源自歐陽修《記舊本韓文後》所提及之蜀本。

△秘閣本

據方崧卿《韓集舉正·敘錄》，謂前輩如山谷先生、王仲至、鮑欽止所校，大體皆以此本爲正。方崧卿懷疑此本或爲韓愈晚年所自定，當時以李漢老、謝任伯所校最爲詳備。後來朱熹所稱之「閣本」即指此本。

△謝　本

此爲南宋高宗建元間（西元 1127～1130 年）謝氏（謝克家、謝克明）依陳無己（師道）所編次之韓集，以類相從而成。

△李　本

爲李漢老晚年據其先人傳家之集而校之。

△嘉祐小字杭本

據趙希弁《讀書附志·三》爲趙氏以饒本及嘉祐壬寅所刊杭本合校。

（三）明清藏書家所藏宋本

△瞿氏鐵琴銅劍樓藏錢求赤校宋本《昌黎先生文集》四十卷《外集》十卷

傅增湘《藏園群書題記》卷五頁十九，疑此本即祥符杭本。

△日本福井榕亭崇蘭館藏《昌黎先生文集》四十卷《外集》十卷

此爲呂大防讎正之北宋槧本。

△百宋一廛藏小字本《昌黎先生集》

　　黃丕烈云：「每半葉十一行，每行廿字，所存卷一至卷十，字畫方勁而有注，當是北宋槧。」

△楊氏海源閣藏南宋本《昌黎先生集》

　　闕二十一卷（文集卷五至卷七、卷十七至十九、卷二十至二十四、外集十卷）每半頁十二行，行二十一字，有元時「翰林國史院官書」朱文長印。

三、昌黎先生集之輯註、批點與選本

△宋・樊汝霖《韓集譜註》四十五卷

　　宋・陳振孫《直齋書錄解題》卷十六《韓文公志》五卷下云：「汝霖，宣和六年進士，仕至瀘帥以卒。」此書為最早之註本，然單行本久佚僅能從後人之徵引略窺一二。

△宋・韓醇注《新刊詁訓唐韓昌黎先生文集》五十卷

　　此書為南宋淳熙三年（西元 1176 年）時所作，韓醇《宋史》無傳。由宋・魏仲舉《五百家註音辯昌黎先生文集》四十卷，列諸家姓氏，可知韓醇字仲韶，臨邛人。莫友芝謂醇為韓愈之後裔。

△宋・文讜《新刊經進詳註昌黎先生文》四十卷《集外》十卷《遺文》三卷

　　傅增湘謂文讜為蜀之普慈人，開版於眉州，其名為宋・魏仲舉《五百家註音辯昌黎先生文集》所不見。

△宋・祝充《音註韓文公文集》四十卷《外集》十二卷

　　據浭陽張允亮（庚樓）跋云：「紹熙（西元 1190～1194 年）時刻也。……註文專研訓詁，簡而有法。」祝氏名充，字廷實。宋・魏仲舉《五百家註音辯昌黎先生文集》所列諸家有「文溪祝氏注」，即祝充之註。傅增湘曾持魏本與祝本對勘，斷定此本為祝注之節本，而魏本所據為祝注之全本。《宋史・藝文志》曾著錄

此書。

△宋・魏懷忠《五百家註音辯昌黎先生文集》四十卷

是書《正集》目錄後有木記曰：「慶元六年禩（西元1200年）孟
春建安魏仲舉刻梓於家塾。」丁丙《善本書室藏書志》云：「仲
舉名懷忠，殆麻沙坊肆之領袖也。」紀昀《四庫全書總目提要》
謂此書實爲「當時坊本也」。所謂「五百家」據《四庫全書總目
提要》之統計，亦不過三百七十家，大抵虛構名目以炫博，非實
有其書。但是當時研究韓愈詩文之大家如：洪興祖、朱熹、程敦
厚、朱廷玉、樊汝霖、蔣璨、任淵、孫汝聽、韓醇、祝充、劉崧、
張敦頤、嚴有翼、方崧卿、李樗、鄭耕老、陳汝義、劉安世、謝
無逸、李樸、周行己、蔡夢弼、高元之、陸九淵、陸九齡、郭忠
孝、郭雍、程至道、許開、周必大、史深大等凡數十家，原書大
多失傳，唯賴此書，以獲見一二，不可謂不是魏氏之功。

△宋・朱文公校《昌黎先生集》四十卷《外集》十卷《集傳遺文》二卷

是書爲王伯大音釋本，王伯大字幼學，號留耕，福州人。嘉定七
年進士，理宗朝官至端明殿學士參知政事，《宋史》有傳。朱熹
《韓文考異》本來單行，王伯大係以劍州官本爲據，將《音釋》
與《考異》散入正文各句之下，以便觀覽。同時又採集洪興祖、
樊汝霖、孫汝聽、韓醇、祝充之說，各附篇末。此本自宋以來，
翻刻甚多。《四部叢刊》所據爲洪武廿一年（西元1388年）書林
王宗玉刻之明本影印。

△宋・廖瑩中《世綵堂昌黎先生集注》《正集》四十卷《外集》十卷《遺文》一卷

是書爲咸淳中（西元1265～1268年）編。廖瑩中爲賈似道之門
客，故不爲人所重。書前有廖氏《重校例》云：「是集慶元間魏
仲舉刊百家注引洪興祖、樊汝霖、孫汝聽、韓醇、劉崧、祝充、

蔡元定諸家注文未免冗複。而方崧卿《舉正》，朱子校本《考異》，卻未附入，讀者病之。今以朱子校本《考異》為主，而刪去諸家要語附注其下，庶讀是書者開卷曉然。」此書至清末猶存，二海蟬隱廬曾據豐順丁禹生藏宋刻影印。

△明・徐時泰《東雅堂昌黎集註》四十卷《外集》十卷

清・陳景雲《柳集點勘書後》曰：「近代吳中徐氏東雅堂刊韓集用宋末廖瑩中世綵堂本，其註採建安魏仲舉五百家註本為多，間有引他書者，僅十之三。復刪節朱子單行《考異》，散入各條下，皆出瑩中手也。瑩中為賈似道之門客，事見《宋史》似道傳，徐氏刊此本，不著其由來，殆深鄙瑩中之為人，故削其名氏并開版年月也。」

△明・檇李蔣之翹《輯注韓集》五十一卷

明・陳繼儒序云：「檇李蔣君楚畦，崛起諸生，有盡天古文奇字之志。凡韓柳集中，師心妄駁、肆乎影撰者，皆竄削之，訂訛補闕通計千有餘條。地理如指掌，歲月如貫珠，五易寒暑而後始成。」有崇禎六年（西元 1633 年）家刻本、安國謨《韓柳全集》本。此為明人在注釋方面僅有之貢獻。

△清・陳景雲《韓集點勘》四卷

陳景雲，吳縣人，字少章，康熙諸生，從何焯學，私謚文道先生，著有《讀書記聞》、《綱目辨誤》、《兩漢訂誤》、《三國志校誤》、《韓柳文校誤》、《文選校正》、《通鑑胡注正誤》、《紀元考略》及文集等書。《四庫全書總目提要》云：「是編取廖瑩中世綵堂所註《韓集》，糾正其誤，因彙成編。……今觀所校，考據史傳，訂正訓詁，刪煩補闕，較原本實為精密。」此書成於雍正丁未（西元 1727 年）有文道十書本、劉氏味經書屋鈔本。

△清・王元啟《讀韓記疑》十卷

王元啟，字惺齋。有嘉慶二十二年（西元 1817 年）鍾洪刻本。

△清・方成珪《韓文箋正》五卷《年譜》一卷

方成珪，瑞安人，字國憲，號雪齋，嘉慶間舉人。曾官寧波教授。陳準《方成珪韓文箋正跋》云：「方先生雪齋精究文字訓詁之學，博探朱子《考》異暨莆田方氏《舉正》王氏《箋正》去取毫茫，融裁各說，研悅蓋有年矣，成《箋正》若干卷。嗚呼！先生於此書可謂致力閎深矣。雪齋先生名成珪，治校勘考證之學，與錢警石泰吉以友善，名亦相埒，而學審慎過之，著有《字鑑》、《集韻考正》、《塘摭言》、《周易干常侍注疏證》、以及《韓文箋正諸書。」此書有瑞安陳氏湫漻齋刊本。

△清・顧嗣立《昌黎詩集註》十一卷

顧氏自序云：「夫詩自李杜勃興，而格律大變，後人祖述，各得其性之所近，以自名家，獨先生能盡啓秘鑰，優入其域，非餘子可及。顧其筆力放恣橫從，神奇變幻，讀者不能窺究其所從來，此異論所以繁興而不自知其非也。」而考諸家箋注又或詳略失宜，多所舛誤，因此採擇魏仲舉本、王伯大本、以及東雅堂本諸註參以己見而成，有秀野堂本，康熙三十八年（1699 年）刊。道光十六年（西元 1836 年）又有贋德堂本，在顧註之外又增朱彝尊、何焯二家評點。

△清・方世舉《韓昌黎詩編年箋註》

方世舉字扶南，號息翁，桐城人，絕意仕進，乾隆初，以博學鴻辭荐之，不就。晚年專力於韓詩之箋註。書室名春及堂，著有《春及堂集》。方氏之《箋註》有雅雨堂刊本，乾隆二十三年（西元 1758 年）刻。

△清・盧軒《韓筆酌蠡》三十卷

此本有文無詩，有方苞評語。雍正八年（西元 1730 年）歙州程崟校刊本。

△清・高澍然《韓文故》十三卷

有道光丙申（西元 1836 年）刊本。

△清・沈欽韓《韓集補註》一卷

沈文起，字欽韓，吳縣人，嘉慶丁卯舉人，寧國縣學訓導。清・
胡承珙校訂，曾收入《廣雅書局叢書》。馬其昶校註《韓昌黎文
集》時，又全文收入《韓昌黎
文集校註》之中。

△清・馬其昶《韓昌黎文集校註》

馬其昶字通伯，此本乃馬氏就東雅堂本批校，光緒二十年又過錄
張裕釗、吳汝綸二家批語，光緒三十年又博採諸家語，補苴舊註。
此書經馬氏之子馬茂元據原稿勘校，編次成書，為當代最通行之
本。

△蔣箸超《註釋評點韓昌黎詩文集》

蔣氏字抱玄，《文集》成之於民國十三年九月，《詩集》成之於民
國十四年仲秋。文集詩集分為二帙，詩文之排列，皆有因革，書
前有《昌黎先生年譜》，文章部份附有儲欣（同人）之評語；詩
集部份附有朱彝尊、何焯之評語。乃據贋德堂顧氏刊本就顧註及
朱、何未及之處，加以考訂。有上海會文堂新記書局排印本。

△錢仲聯《韓昌黎詩繫年集釋》十二卷

錢氏原名萼孫，以字行，江蘇常熟人，西元 1908 年生。無錫國
學專門學校畢業，歷任上海大夏大學、無錫國學專門學校教授。
其後又任教於南京師範學院、江蘇師範學院，長期擔任蘇州大學
教職，1981 年起，獲聘為中國大陸首批博士研究生導師，學術
地位極崇高。著有《人境廬詩草箋註》、《海日樓詩註》、《吳梅村
詩補箋》、《鮑參軍集補註》、《韓昌黎詩繫年集釋》、《劍南詩稿校
註》、《后村詞箋註》、《柳詩內詮》、《讀昌谷詩札記》、《李長吉永
貞詩史發微》、《李賀年譜會箋》等書及《唐宋詞譚》數十篇。《韓
昌黎詩繫年集釋》成於錢氏四十餘歲，凡數易稿，廣受港臺及歐

美日本學術界之注目，爲當代韓詩箋註之集大成著作。

△明・茅坤選《唐大家韓文公文鈔》十六卷

　　爲《八大家文鈔》之一部份，是書有萬曆本、崇禎本、清刊本。

△清・孫琮選《韓昌黎文選》四卷

　　有《山曉閣文選》本。

△清・陳明善選《韓吏部詩鈔》一卷

　　有《唐六家詩鈔》本。

△清・陳兆崙選《韓文選》二卷

　　有《陳太僕批選八家文鈔》本。

△清・儲欣選《昌黎先生全集錄》八卷

　　收入《唐宋十大家全集錄》中。

△清・李光地輯《韓子粹言》一卷

　　收入《李文貞公全集》、《榕村全集》中。

貳、論語筆解與順宗實錄之察考

一、《論語筆解》考述

　　韓愈生平以儒家道統繼承者自居，對於儒家經典之鑽研，自不在話下。根據唐・張籍《祭退之》云：「《魯論》未訖註，手跡今微茫。」可知韓愈曾注《論語》，只是臨終之前，猶未完成。但是如據唐・李漢〈唐吏部侍郎昌黎先生韓愈文集序〉曰：「又有《注論語》十卷，傳學者。」（註11）則似乎韓愈已完成《論語》注，並且傳給從學之人。證之《新唐書》卷五十七〈藝文志〉著錄韓愈《論語》注十卷，可知李漢所言不虛。可惜韓愈所注《論語》早已亡佚，今人已難知其詳。今人所能見到的是韓愈與弟子李翱合著之《論語筆解》。

─────────────────

〔註11〕　見吳文治編《韓愈資料彙編》三六頁，臺灣學海出版社，1984 年出版。

　　《論語筆解》一書，新、舊《唐書》皆未著錄。宋・晁公武《郡齋讀書志》卷四、陳振孫《直齋書錄解題》卷三皆載此書。宋・晁公武《郡齋讀書志》卷四韓李《論語筆解》十卷云：

> 右唐韓愈退之、李翱習之撰。前有秘書丞許勃序云：「韓李相與講論，共撰此書。」按唐人通經者寡，獨兩公名冠一代，蓋以此。然四庫、邯鄲書目皆無之，獨田氏書目有韓愈論語十卷、筆解兩卷，此書題曰《筆解》，而十卷亦不同。〔註12〕

宋・陳振孫《直齋書錄解題》卷三《論語筆解二卷》云：

> 唐韓愈退之、李翱習之撰。按《館閣書目》云：秘書丞許勃爲之序。今本乃王存序。云得於錢塘汪充，而無許序。〔註13〕

晁公武與陳振孫之著錄，最大之差異在於《論語筆解》之卷數，前者所見爲十卷，而後者所見爲二卷。二家皆提及唐秘書丞許勃爲《論語筆解》所撰之序。按《欽定全唐文》卷六二三有唐・許勃《論語筆解序》曰：

> 昌黎文公著《筆解論語》一十卷，其間翱曰者，蓋李習之同與切磨，世所傳，率多訛舛。始愈筆大義則示翱，翱從而交相明辨，非獨韓制此書也。噫！齊魯之門人，所記善言，既有同異，漢魏學者注集繁閫，罕造其精，今觀韓李二學，勤拳淵微，可謂窺聖人之堂奧矣。豈章句之技所可究極其旨哉。予繕校舊本數家，得其純粹，欲以廣傳，故序以發之。〔註14〕

從此序來看，可知許勃所見，爲十卷本。那麼，《論語筆解》之卷數究竟應該是多少，今日已難察考。有關此書之源流，清・紀昀《四庫全書總目提要》曾有詳細探索。《四庫全書總目提要》卷三十五、經

〔註12〕 見宋・晁公武《郡齋讀書志》卷四韓李《論語筆解》，第108頁，中文出版社，1978年。

〔註13〕 見宋・陳振孫《直齋書錄解題》卷三《論語筆解》二卷，第467頁，中文版社，1978年。

〔註14〕 見范氏二十一種奇書本《論語筆解》）（又《全唐文》卷六二三，第22頁，台北大通書局。

部・四書類一曰：

《論語筆解》二卷。舊本題韓愈李翱同注，中間所注，以
韓曰李曰爲別，考張籍祭韓愈詩，有「論語未記註，手跡
今微茫」句，邵博《聞見後錄》，遂引爲《論語注》未成之
證。而李漢作韓愈集序，則稱：有《論語注》十卷，與籍
詩異，王楙《野客叢談》又引爲已成之證。晁公武《讀書
志》稱《四庫》、《邯鄲》書目皆無之，獨《田氏書目》有
韓氏《論語》十卷《筆解》兩卷，是《論語注》外別出《筆
解》矣。《新唐書・藝文志》載《論語注》十卷，亦無《筆
解》；惟鄭樵《通志》著錄二卷，與今本同，意其書出於北
宋之末。然唐李匡義宣宗大中時人也，所作《資暇集》一
條云：《論語》宰予晝寢，梁武帝讀爲寢室之寢，畫作胡卦
反，且云：當爲畫字，言其繪畫寢室。今人罕知其由，咸
以爲韓文公所訓解。又一條云：傷人乎不問馬，今亦謂韓
文公讀不爲否。然則大中之前，已有此本、未可謂宋人僞
撰，且晝寢一條，今本有之，廄焚一條，今本不載，使作
僞者剽掇此文，不應兩條相連，摭其一，而遺其一。又未
可謂因此依託也。以意推之，疑愈注《論語》時，或先於
簡端有所記錄，嗷亦相討論，附書其間，迨書成之後，後
人得其稿本，採注中所未載者別錄爲二卷行之，如程子有
《易傳》而遺書之中又別有論易諸條；朱子有《詩傳》，而
朱鑑又爲詩傳遺說之例；題曰《筆解》，明非所自編也。其
今本或有或無者，則由王存以前世無刊本，傳寫或有異同。
邵博所稱三月字作音一條、王楙所見本亦無之，則諸本互
異之明證矣。王存本今未見，魏仲舉刻韓文五百家注，以
此書附末，今傳亦稀。此本爲明范欽從許勃本傳刻，前載
勃序，仍稱《筆解論語》一十卷，疑字誤也。又趙希弁《讀
書附志》曰：其間翱曰者，李習之也，明舊本愈不著名，
而翱所說，則題名以別之，此本改稱韓曰李曰，亦非其舊
矣。〔註15〕

〔註15〕　見《欽定四庫全書總目提要》，第721～722頁，臺北，藝文印書館。

雖然清‧陳景雲、阮元皆曾懷疑《論語筆解》是一本僞書，就紀昀之察考，《論語筆解》爲韓李二人合著，應無問題。只是此書並非韓李自訂，而是宋人輯錄成帙。

《論語筆解》最初之形態是依附在《論語注》上，據宋‧王楙《野客叢書》卷二十八〈退之注論語〉所載：

> 僕考李漢序退之集云：有《論語》注十卷。後世罕傳，然縉
> 紳先生往往有道其三義者。近時錢塘江充家有是本，王公存
> 刻于會稽。《郡齋目》曰：韓文公《論語筆解》，自《學而》
> 至《堯曰》二十篇，文公與李翱指摘大義，以破孔氏之注，
> 正所謂三義者，觀此不可謂「魯論未詑注」也。〔註16〕

可知《論語筆解》在唐代有秘書丞許勃繕校本，宋代至少有王存刻本。許勃本久已亡佚，王存本在紀昀之時亦已未見，今人所見爲明‧范欽據許勃本傳刻者。有范氏二十一種奇書本、百陵學山本、古經解彙函本、藝海珠塵本、墨海金壺本。其中范氏二十一種奇書本最爲善本，臺灣藝文印書館景印《百部叢書集成》，所據即爲該本。卷末附有明‧天啓甲子（西元 1624 年）七月之望鄭舟所題之《論語筆解小序》。

二、《順宗實錄》考述

所謂「實錄」是一種編年史體，利用編年記事之方式，專記前朝帝皇統治期間之大事。據《隋書‧經籍志》所著錄，南朝梁周興嗣專記梁武帝事蹟之《梁皇帝實錄》三卷，及謝吳（或作昊）專記梁元帝之《梁皇帝實錄》五卷，爲吾國最早的實錄。至唐初，官修史書制度建立，於是自有唐開國以來所有帝皇皆有「實錄」之編纂，此後直至清代，沿爲定制。宋朝起，在門下省置編修院，掌國史、實錄及日曆。紹興九年（西元 1081 年），爲修《徽宗實錄》廢編修院置實錄院，不過，實錄院是一種任務編制，事畢即廢。自梁至清光緒止，歷代共有實錄一百一十餘部，除明清各朝實錄流傳較爲完整之外，其餘絕大多

〔註16〕 見王楙《野客叢書》，第 275 頁，臺灣，新文豐出版公司，民國 73
年 6 月。

數已亡佚。以唐代而論，即僅存韓愈撰之《順宗實錄》，此或爲實錄
資料大多併入正史之故，而《順宗實錄》因附於《昌黎先生集》外集，
故能單獨流傳。

　　《順宗實錄》並非韓愈首先編修，而是史臣韋處厚等完成《先帝
實錄》三卷，監修宰相李吉甫對其內容感到不滿，因命當時任比部郎
中史館修撰的韓愈重修。韓愈在〈進順宗實錄表狀〉云：

　　去八年十一月，臣在史職，監修李吉甫授臣以前史官韋處
　　厚所撰先帝實錄三卷，云未周悉，令臣重修。臣與修撰左
　　拾遺沈傳師、直館京兆府咸陽尉宇文籍等共加採訪，并尋
　　檢詔敕，修成《順宗皇帝實錄》五卷；削去常事、著其繫
　　於政者，比之舊錄，十益六七，忠良奸佞，莫不備書；苟
　　關於時，無所不錄。吉甫慎重其事，欲更研討，比及身沒，
　　尚未加功。臣於吉甫宅，取得舊本自冬及夏，刊正方畢，
　　文字鄙陋，實懼塵玷，謹隨表獻上。〔註17〕

　　由此知韓愈於元和八年十一月撰寫《順宗實錄》，而李吉甫元和
九年十月卒，則進實錄之時間當在元和十年夏。此書呈獻朝廷之後，
當時宰臣意見紛紛，認爲其中有錯誤，於是退還重修。韓愈〈進順宗
實錄表狀〉又云：

　　右臣去月二十九日進前件實錄，今月四日，宰臣宣進止，
　　其間有錯誤令臣改畢。臣當修撰之時，史官沈傳師等採事
　　得於傳聞，詮次不精，致有差誤。聖明所鑑，毫髮無遺，
　　恕陳臣不逮，重令刊正今並添改訖。其奉天功烈，更加尋
　　訪，已據所聞，載於卷首。儻所論著，尚未周詳，臣所未
　　知，乞賜宣示，庶獲編錄，永傳無窮。

書成之後，因爲對禁中之事，切直傳錄，頗不爲宦官所喜，往往於皇
上之前指陳韓愈所記不實，歷經穆宗、敬宗、文宗各朝，屢有詔改。
文宗時，甚至詔令路隋重修《順宗實錄》。據《舊唐書·路隋傳》云：

　　初韓愈撰《順宗實錄》，說禁中事頗切直，內官惡之，往往於

――――――――――――――――――
〔註17〕　見馬其昶《韓昌黎文集校注》，第 345 頁，臺灣，漢京文化事業公司。

上前言其不實，累朝有詔改修，及隋進《憲宗實錄》後，文宗復令改正永貞時事。隋奏曰：『聖旨以前件實錄（即指《順宗實錄》）記貞元末數事稍非撫實，蓋出傳聞，審知差舛，便令刊正，頃因坐日，屢形聖言，通記前後，至於數日，其實錄伏望條示舊記最錯誤者，宜付史府，委之修定。』詔曰：『其實錄中所書德宗順宗朝禁中事，尋訪根柢，蓋出謬傳，諒非信史，宜令史官詳正刊去，其他不要更修。』〔註18〕

清‧馬其昶《韓昌黎文集校注》《韓昌黎文集外集》《順宗實錄》卷第一，根據新舊《唐書》相關人物之資料，知《舊唐書》卷一六○《韓愈傳》所云：「韋處厚別撰《順宗實錄》三卷」並非在文宗朝，而是時間誤置之疏失。至於《新唐書》卷一四二〈路隋傳〉謂：「卒竄定無全篇」，亦不正確。因為文宗詔令重修《順宗實錄》後，當時衛尉周君巢、諫議大夫王彥威、給事中李固言、史官蘇景胤皆言改修非是，才使文宗下令僅改唐德宗、順宗時禁中事。為何如此急於修改？陳寅恪〈順宗實錄與續玄怪錄〉一文，曾有精采之揭示。謂：

永貞內禪即新故君主替壇之事變，實不過當日宮禁之中閹人兩黨競爭之結局，……韓退之與宦官俱文珍有連……故《順宗實錄》中關涉宮禁諸條既傳自當日之閹臣，復經獻宗鑑定添改，則所記者當能得其真相，但即因是轉為閹人所惡，蓋其黨類於永貞之末脅迫順宗以擁立憲宗之本末，殊不欲外廷知之也。及憲宗又為內官所弒，閹人更隱諱其事，遂令一朝國史於此大變若有若無，莫能詳述；然則永貞內禪及憲宗被弒之二大事變，即元和一代其君主與宦官始終之關係，實為穆宗以後閹黨之深諱大忌，故凡記載之涉及者，務思芟夷改易，絕其跡象。〔註19〕

可見韓愈撰寫《順宗實錄》之過程相當曲折，書成後至文宗穆宗朝，早經多次修改，至宋司馬光所見《順宗實錄》七本，已有詳略二種本。

〔註18〕 見《舊唐書》卷一五九，《新唐書》卷一四二。
〔註19〕 見《陳寅恪先生論文集》上冊，第529頁，九思出版社，1977年4月。

司馬光《通鑑考異》卷十九，永貞年二月李師古發兵屯曹州條云：

> 舊韓愈傳曰：「撰《順宗實錄》，繁簡不當，穆宗、文宗嘗
> 詔史臣添改。時愈婿李漢、蔣係在顯位，諸公難之，而韋
> 處厚竟別撰《順宗實錄》三卷。」景祐中，詔編《崇文總
> 目》，《順宗實錄》有七本，皆五卷，題曰韓愈等撰。五本
> 略而二本詳，編次者兩存之其中多異同，今以詳略爲別。
> 此李師古勝滑州事，詳本有而略本無。〔註20〕

劉健明〈唐順宗實錄三論〉一文曾比對《通鑑考異》與今本《順宗實
錄》記事上之異同，認爲今本《順宗實錄》爲略本之說法，應是確定
無疑。又對照《舊唐書・順宗本紀》、今本《順宗實錄》、《冊府元龜》
三書記載之差異，指出詳略二本之記事，確有多少之別，但二書出於
同一批人之編修無疑。而所謂略本亦非韋處厚所撰，從而認定今本《順
宗實錄》是韓愈所作。〔註21〕今傳《順宗實錄》除附於《昌黎先生集》
之外，尚有《海山仙館叢書》本。

〔註20〕　見宋司馬光《資治通鑑》〈考異〉，卷十九。
〔註21〕　參見《古代文獻研究集林》，第98～121頁，陝西師範大學出版社，
　　　　　1989年5月。

附錄二　韓愈研究論著集目

更新日期：1997/2/17

一、韓愈研究專著

（一）版　本

1. 《景印宋本昌黎先生集》，國立故宮搏物院印行，民國六十一年。
2. 美國康乃爾大學藏、文祿堂本、宋·祝充《音注韓文公文集》四十卷，《外集十，二卷》本，民國 78 年 7 月。影印。
3. 宋·朱熹《朱文公校昌黎先生文集》四十卷、《外集》十卷、《遺文》一卷，上，海涵芬樓藏元刊本，臺灣商務印書館《四部叢刊》初編。
4. 北京圖書館藏宋蜀刻本《昌黎先生文集》（全四冊）（在《宋蜀刻本唐人文集叢刊》二十三種中），上海古籍出版社，1994 年 9 月。
5. 唐·韓愈·李翱《論語筆解》二卷、范氏二十一種奇書本，臺灣，藝文印書館《百部叢書集成》。
6. 唐·韓愈《順宗實錄》，海山叢書本，臺灣，藝文印書館《百部叢書集成》。

（二）箋註及詩文評本

1. 宋·方崧卿《韓集舉正》十卷，《韓集舉正》一卷，文淵閣四庫全書本，臺灣商，務印書館，民國 75 年 7 月。
2. 宋·朱熹《韓文考異》，文淵閣四庫全書本，臺灣商務印書館，民國 75 年 7 月。

3. 宋·朱熹《昌黎先生集考異》，山西祈縣圖書館藏宋刻本，上海古籍出版社，1985 年 2 月。

4. 宋·魏仲舉《五百家注昌黎先生集》，文淵閣四庫全書本，臺灣商務印書館，民國 75 年 7 月。

5. 宋·廖瑩中《東雅堂昌黎集注》，明·徐時泰翻刻，宋世綵堂本，文淵閣四庫全，書本，臺灣商務印書館，民國 75 年 7 月。

6. 宋·王伯大《別本韓文考異》，文淵閣四庫全書本，臺灣商務印書館，民國 75 年 7 月。

7. 明·蔣之翹《輯注唐韓昌黎集》四十卷、《外集》十卷》、《附錄》一卷，明，崇禎橋李蔣氏三徑藏書刻本。

8. 清·顧嗣立集註、朱彝尊、何焯評《昌黎先生詩集註》十一卷，秀野堂本，臺灣，學生書局，民國 56 年 5 月。

9. 清·方世舉《韓昌黎詩編年箋注》十二卷，清乾隆德州盧世氏雅雨堂原刻本。

10. 清·馬其昶《韓昌黎文集校注》臺灣，華正書局，民國 64 年 4 月。

11. 蔣箸超評註《詳註韓昌黎詩文集》，上海會文堂新記書局，民國 24 年 2 月。

12. 錢仲聯《韓昌黎詩繫年集釋》上下冊，臺灣，學海出版社，民國 74 年 1 月。

13. 童第德《韓集校詮》上下冊，北京中華書局，1986 年 1 月。

14. 屈守元、常思春主編《韓愈全集校注》第一至五冊，四川大學出版社，1996 年 7 月。

（三）資料及工具書

1. 周康燮編《韓柳文學研究叢編》，香港，龍門書店，1969 年。

2. 朱傳譽編《韓愈傳記資料》，天一出版社，1982 年 5 月。

3. 吳文治編《韓愈資料彙編》上下冊，臺灣，學海出版社，1984 年 4 月。

4. 臺靜農編《百種詩話類編》上中下冊，臺灣，藝文印書館，民國 63 年 5 月。

5. 花房英樹編《韓愈歌詩索引》，日本京都府立大學，人文學會，1964 年 3 月。

6. 羅聯添編《唐代文學論著集目》，臺灣，學生書局，民國 73 年 11 月。

（四）通　論

1. 邱燮友《古文運動史略》，國立臺灣師範大學國文研究所，民國 39 年。

2. 黃春貴《唐代古文運動探究》，臺灣，漢京文化事業公司，民國 69 年 3 月。

3. 孫昌武《唐代古文運動通論》，百花文藝出版社，1984 年。

4. 劉國盈《唐代古文運動論稿》，西安，陝西人民出版社，1984 年。

5. 孫昌武《唐代文學與佛教》，臺灣，谷風出版社，1987 年 5 月。

6. 孫昌武《佛教與中國文學》，臺灣，東華書局，1989 年 12 月。

7. 常盤大定《排佛廢釋の問題》，日本，岩波書店，昭和十二年。

（五）專　論

1. 宋・釋契嵩《非韓子三十篇》，在氏所著《鐔津集》中，四庫珍本第十集，臺灣，商務印書館。

2. 錢基博《韓愈志》，臺灣，河洛圖書出版社，民國 64 年 3 月。

3. 羅聯添《韓愈研究》，臺灣，學生書局，民國 66 年 11 月。

4. 羅聯添《韓愈》，臺灣，國家出版社，民國 75 年 8 月。

5. 羅克典《論韓愈》，臺灣，國家出版社，民國 71 年 6 月。

6. 林紓《韓柳文研究法》，臺灣，廣文書局。

7. 林紓《畏盧論文》，臺灣，文津出版社，民國 67 年 7 月。

8. 蘇文擢《韓文四論》，香港鄧昭祺醫生印，1978 年 1 月。

9. 清・馬曰璐《韓文類譜》，粵雅堂叢書本，臺灣商務印書館，1978 年 3 月。

10. 宋・呂大防《韓吏部文公集年譜》。

11. 宋・程俱《韓文公歷官記》。

12. 宋・洪興祖《韓子年譜》。

13. 馬起華《韓文公年譜》，臺灣商務印書館，民國 67 年。

14. 程學恂《韓詩臆說》，上海商務印書館，1933 年，臺灣商務印書館，民國 59 年 7 月。

15. 韓延一《韓昌黎思想研究》，臺灣商務印書館，民國 71 年

16. 張特生《中國歷代思想家——韓愈》，臺灣商務印書館，民國 67 年 6 月。

17. 陶希聖等《誹韓案論戰》，東府出版社。

18. 汪淳《韓歐詩文比較研究》，臺灣，文史哲出版社，民國 78 年 7 月。

19. 閻琦《韓愈詩論》，西安，陝西人民出版社，1984 年。

20. 陳克明《韓愈述評》，中國社會科學出版社。

21. 陳幼石《韓柳歐蘇古文論》，上海文藝出版社，1983 年 5 月。

22. 孫昌武《韓愈散文藝術論》，南開大學出社，1986 年 7 月。

23. 何法周《韓愈新論》，河南大學出版社，1988 年 8 月。

24. 隗芾主編《韓愈研究論文集》，韓愈學術研討會組織委員會，廣東人民出版社，1988 年 10 月。

25. 前野直彬、齋藤茂合著、文君妃譯《韓愈傳》，國際文化事業有限公司，民國 78 年 7 月。

26. 胡楚生《韓柳文新探》，臺灣，學生書局，民國 80 年 6 月。

27. 蕭占鵬《韓孟詩派研究》，文津出版社，民國 83 年 11 月。

28. Charles Hartman,"HAN YU and The T'ang Search for Unity",Princeton UniversitYUPress,1986, Princeton, New Jersey

（六）詩文選

1. 清・曾國藩選《音注韓昌黎文》，臺灣，華正書局，民國 73 年。

2. 胡楚生選注《韓文選析》，臺灣，華正書局，民國 72 年。

3. 殷孟倫選注《韓愈散文選注》，上海古籍出版社。

4. 童第德選注《韓愈文選》，北京人民文學出版社，1985 年。

5. 止水選注《韓愈詩選》，臺灣，源流出版社，1982 年 10 月。

6. 劉耕路《韓愈及其作品》，吉林人民出版社，1984 年。

7. 劉貴仁選注《韓愈詩選注》，上海古籍出版社，1984 年。

8. 陳邇冬選注《韓愈詩選》，北京，人民文學出版社，1989 年。

（七）外譯本

1. 日本・久保天隨譯解《韓昌黎集》，東京，國民文庫刊行會，〈續二國譯漢文大成：文學部，第二五至三二冊〉，1928～1931 年。

3. 日本・久保天隨譯解《韓昌黎詩集》，東京，國民文庫刊行會，〈國譯漢文大成：續文學部第十卷三輯〉，1941 年。

4. 日本・清水茂註《韓愈》東京，岩波書店，〈中國詩人選集二〉，1958 年。

5. 日本・筧文生編譯《韓愈.柳宗元》，東京，筑摩書房，〈中國詩文選十六〉，1973 年。

6. 清・沈德潛編，日本・清水茂譯著《唐宋八家文》，東京，朝日新聞社，〈中國古典選〉朝日文庫版，1978 年。

7. 日本・松平康國解《唐宋八大家文讀本》（一至四冊），東京，早稻田大學出版部〈先哲遺著追補漢籍國字解全書第三十至三三卷〉，1914～1917 年。

8. 日本‧原田憲雄《韓愈》，東京：集英社，〈漢詩大系十一〉，1968 年。

（八）學位論文

1. 儲砥中《韓柳文比較研究》，國立政治大學中研所碩士論文，民國 55 年。

2. 李章佑《韓昌黎文體研究》，國立臺灣大學中研所碩士論文，民國 57 年。

2. 吳達芸《韓愈生平及其詩研究》，國立臺灣大學中研所碩士論文，民國 61 年，王士瑞《韓文研究》，國立政治大學中研所碩士論文，民國 66 年。

3. 王樾《韓愈的道統論及其與儒學蛻變的關係》，國立臺灣大學史研所碩士論文。

4. 簡添興《韓愈之思想及其文論》，國立臺灣師範大學碩士論文，民國 67 年。

5. 柯萬成《韓愈詩研究》，香港，新亞研究所碩士論文，民國 72 年。

6. 吳正恬《韓愈交遊考》，國立臺灣大學中研所碩士論文，民國 72 年。

7. 劉素玲《宋儒論韓愈排佛與師道》，國立臺灣大學中研所碩士論文。

8. 黎光蓮《韓文公闢佛的研究》，國立臺灣師範大學博士論文，民國 70 年。

9. 呂正惠《元和詩人研究》，東吳大學博士論文，民國 72 年。

10. 高八美《韓愈詩研究》，國立臺灣師範大學博士論文，民國 75 年。

11. 方介《韓柳比較研究》，國立臺灣大學博士論文，民國 79 年 6 月。

12. 蕭占鵬《韓孟詩派研究》，南開大學博士論文，1990 年。

13. 李建崑《韓愈詩探析》，國立臺灣師範大學博士論文，民國 81 年。

14. Mei, Diana Yu-shih Ch'en 陳幼石."Han Yu as a Ku-wen Stylist." Unpub-lished Ph.D. dissertation, Yale University,1967.

15. Mark Chang Monahan,"Han Yu And His Contribution" Unpulished Ph.D. dissertation,Georgetown University,1987.

二、韓愈研究論文

（一）著　述

1. 陳準〈方成珪韓文箋正跋〉，《圖書館學季刊》，一卷四期》，第 663 頁，民國 15 年 12 月。

2. 萬〈昌黎先生集〉，在《唐集敘錄》第 167～183 頁，臺灣，明文書局，民國 71 年 2 月。

3. 昌彼德〈跋宋刊本昌黎先生集〉《故宮季刊》十七卷四期，第 59～64 頁，民國 72 年夏季。

4. 李清志〈修訂本館善本書目解說——集部〉《中央圖書》新二十卷二期，民國 76 年 12 月。

5. 陳寅恪〈順宗實錄與續玄怪錄〉，在《陳寅恪先生論文集》上冊，第 525～529 頁，九思出版社，民國 66 年 4 月出版。

6. 劉健明〈唐順宗實錄三論〉，在《古代文獻研究》第一集，第 98～121 頁，陝西，師範大學出版社，1989 年 5 月。

7. 王明蓀〈論語筆解試探〉《孔孟學報》第五十二期，第 193～214 頁，孔孟學會民國 75 年 9 月 28 日出版。

8. Charles Hartman 蔡涵墨, "Han Yu as Philosopher: The Evidence From TheLun Yu Pi-Chieh",《清華學報》第 16 卷 1.2 期合刊第 57～94 頁，1984.12

9. 蔡涵墨〈禪宗「祖堂集」中有關韓愈的新資料〉《書目季刊》十七卷一期，第 19～21 頁，民國 73 年 6 月。

10. 郭雋杰《《韓詩臆說》的真正作者是李憲喬〉《首都師範大學學報》（社會科學版），1995 年第三期。

（二）生平思想

1. 韓思道〈韓昌黎先生里籍辨證〉《中原文獻》一卷九期，第 16～20 頁，民國 58 年 11 月。一日

2. 韓思道〈韓文公家乘考〉《中原文獻》二卷六期，第 28～30 頁，民國 59 年 6 月。

3. 韓思道〈我對郭壽華誣蔑先祖韓文公的聲明〉《世界評論》二十四卷三期，第 13～14 頁。

4. 鄭騫〈古今誹韓考辨〉《書目季刊》，十一卷四期，第 3～22 頁，民國 67 年 3 月。

5. 劉國盈〈韓愈非死於硫黃辨〉《孔孟月刊》二十八卷十一期，第 38～44 頁，1980 年 7 月。

6. 鍾雷〈故鄉、河陽、韓愈〉《文壇》，二一二期，第 43～51 頁，民國 67 年 2 月。

7. 羅聯添〈韓文公的郡望與籍貫〉，在《唐代文學論集》下冊，第 433～44 頁，臺灣學生書局，民國 78 年 5 月。

8. 費海璣〈韓愈的新認識〉，在《文學研究續集》，第 168～176 頁，臺灣商務印書館，民國 60 年 1 月。

9. 周蔭棠〈韓白論〉《金陵學報》一卷一期，第 189～203 頁，民國 20 年 5 月。

10. 陳登原〈韓愈評〉《金陵學報》二卷二期，第 1～45 頁，民國 21 年 11 月。

11. 陳寅恪〈論韓愈〉《歷史研究》第二期，民國 43 年，又收入《陳寅恪先生論文集》（下），民國 63 年 5 月出版。

12. 梁容若〈韓愈評傳〉《大陸雜誌》第二十八卷五期，第 143～149 頁，民國 63 年 3 月。

13. 李則芬〈新舊二唐書韓愈傳的異同〉，在氏所著《隋唐五代歷史論文集》，第 421～427 頁，臺灣商務印書館，民國 78 年 7 月初版。

14. 袁飛翰〈韓愈三至廣東及其影響〉，香港《珠海學報》，第八期，第 125～137 頁，民國 64 年 9 月。

15. 張蓓蓓〈韓愈與孟子〉《孔孟月刊》第二十五卷三期，民國 75 年 11 月。董金裕〈理學的先導：韓愈與李翺〉《書目季刊》十六卷二期，三三至四十頁，民國 71 年 9 月。

16. 童壽〈韓愈答李翊書〉《大陸雜誌》第三卷十期，三○九頁，民國四十年 11 月。童壽〈皇甫湜韓文公墓誌銘〉《大陸雜誌》第三卷十期，三二六頁，民國四十年 11 月。

17. 蛻園〈韓愈與元白的關係〉《中華藝林叢論》第七冊，第 301～303 頁，臺灣文馨出版社，民國 65 年 2 月。

18. 何澤恆〈韓愈與歐陽修〉《書目季刊》，十卷四期，第 31～38 頁，民國 66 年 3 月。

19. 劉健明〈論韓愈和李紳——臺參的爭論〉《大陸雜誌》七十卷六期，民國 74 年 6 月。

20. 劉健明〈論皇甫湜與韓愈的交往及其影響〉《書目季刊》，二十一卷一期，第 34～44 頁，民國 76 年 6 月。

21. 劉健明〈韓愈對永貞革新的評價〉，臺灣：中國唐代學會《唐代文化研討會論文集》，第 821～842 頁，民國 80 年 7 月初版。

22. 梁國豪〈韓愈和賈島訂交之始末〉《大陸雜誌》第五十一卷二期，第 97～101 頁，民國 64 年 8 月。

23. 羅聯添〈張籍上韓昌黎書的幾個問題〉《臺靜農先生八十壽慶論集》第 353～385 頁，民國 70 年 11 月。

24. 董璠〈韓愈與大顛〉，燕京大學國文學會《文學年報》三期，第 79～87 頁，1937 年。

25. 羅根澤〈韓歐闢佛的反響〉，在《羅根澤古典文學論文集》，第 486～493 頁，上海古籍出版社，1985 年 7 月。

26. 羅香林〈唐代三教講論考〉，在氏所著《唐代文化史》，第 159～176 頁，臺灣商務印書館，民國 57 年 3 月。

27. 羅香林〈大顛、惟儼與韓愈、李翱關係考〉，在氏所著《唐代文化史》，第 177～193 頁，臺灣商務印書館，民國 57 年 3 月。

28. 蘇文擢〈韓愈對佛徒之接觸與態觸〉，在氏所著《邃加室講論集》，第 31～50 頁，臺灣：文史哲出版社，民國 74 年 12 月。

29. 羅聯添〈韓愈原道篇寫作的年代與地點〉《毛子水先生九五壽慶論文集》，台北幼獅文化事業公司，民國 76 年 4 月。又見氏所著《唐代文學論集》下冊，第 443～449 頁，臺灣學生書局，民國 78 年 5 月。

30. 羅聯添〈宋儒對韓愈原道篇批評及其迴響〉，在《書目季刊》第三十二卷三期，第 62～70 頁，民國 77 年 12 月。

31. 吳彩娥〈陳子昂與韓愈復古思想之比較〉，輔仁大學《輔仁國文學報》第二期，第 251～260 頁，民國 75 年 6 月。

32. 李嘉言〈韓愈復古運動的新探索〉《文學》二卷六號，民國 23 年 4 月。王幼華〈韓愈思想論析〉上下篇《孔孟月刊》二十八卷，第 2～3 期，民國 78 年十至 11 月。

33. 胡楚生〈韓愈「孔孟相用說」釋疑〉《孔孟學報》第六十期，七十九年出版羅聯添〈論唐代古文運動〉，在《唐代文學論集》上冊，第 3～32 頁，臺灣學生書局，民國 78 年 5 月。

34. 羅聯添〈唐宋古文的發展與演變〉，在《唐代文學論集》上冊，第 137～188 頁。臺灣學生書局，民國 78 年 5 月。

35. 何寄澎〈簡論唐代古文運動中的文學集團〉，中國古典文學研究會主編《古典文學》第六集，第 301～315 頁，臺灣學生書局，民國 73 年 12 月。陳紹棠〈唐代古文運動和集部之學的確立〉，香港浸會學院中國語文學系主編《唐代文學研討會論文集》，第 185～203 頁，文史哲出版社，民國 76 年 4 月。

36. 王瓊玲〈辨唐人小說非古文運動之支流〉《大陸雜誌》第七十七卷第一期，第 37～43 頁，民國 77 年 7 月。

37. 季鎮淮〈唐貞元元和時期的古文運動和韓愈的古文〉，附於童第德編《韓愈文選》第 271～284 頁，1979 年 3 月十五日。

38. 張艷雲〈唐代宮市考〉，《陝西師大學報》（哲學社會科學版），1989 年第三期，第 59～61 頁。

39. 李光復〈論韓愈並不諛墓〉《四川大學學報》，總六十期，〈哲學社會學版〉，第 73～78 頁，1989 年。

40. 蔡涵墨著，楊澤譯〈韓愈與艾略特〉《中外文學》，八卷三期，第 130～150 頁。民國六十八年 8 月。

41. 丸山茂〈韓愈の張籍評價について〉，東京《漢學研究》十五號，第 16～32 頁。

42. 林田愼之助〈唐代古文運動の形成過程〉，在氏所著《中國中世文學評論史》，第 453～483 頁，日本創文社 1979 年。

43. 末岡實〈韓愈「性情三品説」小考──唐代における儒教の變容と純化の過程〉《東洋文化》七十期，第 115～144 頁，1990 年 1 月。

44. 戸崎哲彦〈唐代における禘祫論爭とその意義〉，日本東方學會《東方學》第八〇期，第 82～110 頁，1990 年 1 月。

（三）各體文

1. 楊勇〈朱子論韓愈文之氣勢〉《新亞書院年刊》十五期，第 83～102 頁，1973 年。

2. 楊勇〈再論韓愈文之體要〉，香港浸會學院中國語文學系主編《唐代文學研討會論文集》，第 149～170 頁，文史哲出版社，1987 年 4 月。

3. 費海璣〈韓愈文導讀〉，在《文學研究續集》，第 177～196 頁，臺灣商務印書館，民國 60 年 1 月。

4. 劉中和〈論韓愈的作品〉，在《文藝月刊》第四七、四八、五十期，民國 62 年 5、6、8 月。

5. 吳耀玉〈孟文與韓文〉《人文學報》第一期，第 443～452 頁，民國 59 年 9 月。

6. 林政華〈論韓退之『感二鳥賦』所表現的人格心理〉《孔孟月刊》，第十九卷六期，第 49～50 頁。

7. 陳傳興〈『稀望』──試論韓愈『畫記』〉《中外文學》，第十六卷第十二期，第 137～154 頁，民國 77 年 5 月。

8. 胡楚生〈韓愈「柳州羅池廟碑」析論〉，國立中興大學《興大中文學報》第一期，第 9～24 頁，民國 77 年 5 月。

9.54. 胡楚生〈韓愈「新修滕王閣記」賞析〉，國立中興大學《興大中文學報》第二期，第 23～29 頁，民國 78 年 1 月。

10. 胡楚生〈韓愈「答李翊書」中「氣」與「養氣」的意義〉《孔孟月刊》第二十九卷四期，第 35～37 頁，民國 79 年 12 月。

11. 金周生〈韓昌黎特殊文韻述記〉，輔仁大學《輔仁國文學報》第四期，第 151～178 頁，民國 77 年 6 月。

12. 梁平居〈論韓退之對唐宋以後文章之影響〉《文史學報》第二期，第 112 ～125 頁，民國五十四年 7 月。

13. 張靜二〈韓愈的氣盛言宜說〉《中外文學》第十五卷第七期，第 126～154 頁，民國 66 年 12 月。

14. 李金城〈韓愈古文論〉《高雄師院學報》第一期，第 157～174 頁，民國 61 年 12 月。

15. 鄭郁卿〈韓昌黎文之文法與布局研究〉《台北工專學報》第七期，第 1 ～17 頁，民國 63 年 5 月。

16. 陳耀南〈讀韓柳文〉，香港：孔聖堂，《孔道專刊》第三期，第 41～53 頁，民國 68 年

17. 葉國良〈論韓愈的墓碑墓誌文〉，中國古典文學研究會《古典文學》第 十期，民國 77 年 10 月。

18. 葉國良〈韓愈冢墓碑誌文與前人之異同及其對後世之影響〉，在《石學蠡探》，第 47～97 頁，臺北：大安出版社，民國 78 年 5 月。

19. 陳寅恪〈韓愈與唐代小說〉《國文月刊》第五十七期，1947 年 7 月。

20. 何寄彭〈韓愈古文作法探析〉，在氏所著《唐宋古文新探》，大安出版社，民國 79 年 5 月。

21. 王基倫〈試論韓愈古文之陽剛風格〉，臺灣：中國唐代學會《唐代文化研討會論文集》第 669～692 頁，文史哲出版社，民國 80 年 7 月初版。

22. 方介〈韓愈伯夷頌析論〉，臺灣：中國唐代學會《唐代文化研討會論文集》第 745～774 頁，民國 80 年 7 月初版。

23. 張嘯虎〈論韓愈政論散文的藝術成就〉《中州學刊》1984 年，第三期。

24. 陳春嘯〈〈答李翊書〉三題〉，《北京師範大學學報》，1989 年第六期，第 106～109 頁。。

25. 施旭升〈韓愈『不平則鳴』說的心理透視〉《煙台師範學院學報‧哲社版》，1990 年第一期，第 64～68 頁。。

26. 山崎純一〈韓愈の古賦について〉上下篇，日本早稻田大學東洋學會《東洋文學研究》十九、二十期，1971 年 3 月。

27. 劉三富〈韓愈の創作態度について〉，西南學院大學《文理論集》第十五卷第一號，第 89～106 頁，1974 年 10 月。

28. 邱燮鍚譯‧劉三富撰〈韓愈之文學創作觀〉，中國文化大學《華學月刊》第四十四期，第 31～37 頁，19758 月。

29. 林田慎之助〈韓愈における發憤著書の說〉，在氏所著《中國中世文學評論史》第 484～506 頁，日本創文社 1979 年。

30. 林田愼之助〈韓愈の散文表現論〉，在氏所著《中國中世文學評論史》第507～529頁，日本創文社 1979 年。

31. 西岡市祐〈韓愈師の説の道について〉國學院大學《漢文學會會報》三十輯，第84～92頁，1984 年 12 月。

32. 谷口匡〈韓愈の散文作品の立場と「道」の主張〉《中國文化——研究と教育》四十六期，第26～39頁，1988 年。

33. 川合康三〈戲れの文學————韓愈の「戲」をめぐて〉《日本中國學會報》，第三十七期，第149～162頁，1985 年。

34. 西上勝〈韓愈「進學解」の敍法について〉，東洋大學《文化》四十九卷三至四期，第19～54頁，1986 年 2 月。

35. 西上勝〈韓愈の墓誌銘について〉《日本中國學會報》，第三十九期，第132～145頁，1987 年。

36. 久田麻實子〈韓愈の人間觀〉墓誌銘に描がれだ人間を通して〉，《中國學志》蒙號，第49～68頁，1989 年 8 月。

37. 谷口匡〈「張中丞傳後敍」と韓愈の立場〉《筑波中國文化論叢》，第九期，第17～40頁，1988 年。

38. 吹野安〈韓愈「三上宰相書」發想考〉「後二十九日復上書」を中心として〉國學院大學《國學院大學大學院紀要》第二十卷，第20頁，1988年，戸崎哲彥〈韓愈と唐代小說——張籍の韓愈批判「駁雜無實之説」の再檢討〉，《彥根論叢》，NOS.276-278，143 頁。

39. Diana Yu-Shih Mei,"Han Yu As A KU-WEN Stylist",The Tsing Hua Journal Of Chinese StudYU,New Vol.Ⅶ No.1 ,1968

41. Y.W.MA,"Prose Writings Of Han Yu And CH'UAN-CH'I Literature",Journal Of Oriental Studies,Vol.Ⅶ，No.2, Hong Kong Univ. 1969

（四）各體詩

1. 李黻平《讀杜韓筆記》上下卷，臺灣：廣文書局，民國 65 年 3 月。

2. 胡秋原〈論杜甫與韓愈〉《中華雜誌》六卷二期，第38～48頁，民國 57 年 2 月。

3. 李詳〈韓詩證選〉《國粹學報》第五三、五四、五六、五七期，1909 九年 3、4、6、7 月，臺灣商務印書館版第十三、十四冊。

4. 吳達芸〈韓愈詩的意象塑造〉《唐詩論文選集》第337～352頁，長安出版社。

5. 吳達芸〈韓愈詩的繪畫性〉《思與言》第十卷第三期，第32～41頁，1972 年 9 月。

6. 張夢機〈談韓愈五古的章法〉《中華文化復興月刊》第八卷六期，第 56 ～60 頁，民國 64 年 6 月。

7. 李宏謀〈韓愈李商隱詩之比較研究〉，高雄師範學院英語系《啼音集》第三期，民國 69 年 6 月。

8. 柯萬成〈韓愈「以文爲詩」的問題〉《孔孟月刊》二十八卷五期，第 44 ～50 頁，民國 79 年 1 月。

9. 顏崑陽〈從南山詩談韓愈山水詩的風格〉《學粹》第十七卷一期，第 18 ～22 頁，民國 64 年 4 月。

10. 張夢機〈杜甫北征與韓愈南山詩的比較〉《學粹》第十七卷二期，第 8 ～15 頁，民國 64 年 6 月。

11. 傅錫壬〈韓愈南山——猛虎行二詩作意辨識〉，淡江大學《淡江學報》二十一期，第 293～301 頁，民國 73 年 6 月。

12. 段醒民〈由韓愈感春詩評騭韓愈人格型態的發展歷程〉《台北市立商專學報》第十四期，第 90～141 頁。。

13. 李建崑〈韓愈秋懷詩十一首試析〉，國立中興大學《興大中文學報》，第一期，第 61～68 頁，民國 77 年 5 月。

14. 李建崑〈論韓愈贈僧徒詩〉，國立中興大學《興大中文學報》，第二期，第 103～119 頁，民國 78 年 1 月。

15. 李建崑〈試論韓愈七首託鳥爲喻之古體詩〉，國立中興大學《文史學報》，第十九期，第 37～53 頁，民國 78 年 3 月。

16. 李建崑〈韓愈琴操十首析論〉，國立中興大學《興大中文學報》第三期，第 185～200 頁，民國 79 年 1 月。

17. 李建崑〈韓杜關係論之察考〉，臺灣：中國唐代學會《唐代文化研討會論文集》，第 275～298 頁，文史哲出版社，民國 80 年 7 月初版。

18. 李建崑〈韓愈之仕宦生涯與詩歌創作〉，國立中興大學《文史學報》，第二十一期，第 29～46 頁，民國 80 年 3 月。

19. 李建崑〈韓愈詩之形式分析〉，國立中興大學《興大中文學報》，第五期，第 225～284，民國 81 年 1 月。

20. 李建崑〈歷代學者對韓愈詩歌之評價〉，國立中興大學《文史學報》，第二十二期，第 11～30，民國 81 年。

21. 李建崑〈韓愈詩與先秦漢魏南北朝文學關係考〉，國立中興大學《興大中文學報》第六期，第 116～144 頁，民國 82 年。

22. 李建崑〈韓愈詩之諷諭色彩語思想意識〉，國立中興大學《興大中文學報》第七期，第 117～132，民國 83 年。

23. 李建崑〈韓孟詩人集團之詩歌唱和研究〉，八十四年度國科會專題研究
計劃成果報告，編號：NSC-84-2411-H005-007，民國 84 年 10 月。

24. 程會昌〈韓詩「李花贈張十一署」發微〉《國文月刊》五十期，第 26～
28 頁，一九四六年 11 月。

25. 程千帆〈韓愈以文爲詩說〉《古詩考索》，第 183～206 頁，上海古籍出
社 1984 年 12 月。

26. 江辛眉〈論韓愈詩的幾個問題〉，《文學研究叢編》第二輯，第 237～263
頁，臺灣：木鐸出版社

27. 陳貽焮〈從元白和韓孟兩大詩派略論中晚唐詩歌的發展〉，湖南人民出
版社《唐詩論叢》，第 325～408 頁，1981 年 10 月。

28. 鄧潭洲〈談韓愈的詩〉，《文學遺產》增輯第六集《中國古典文學研究論
文集彙編》第三輯，中國語文學社編，1970 年 8 月。

29. 錢志甫〈關於韓愈的詩〉《文學遺產》增輯第四集《中國古典文學研究
論文集彙編》，第三輯，中國語文學社編，1970 年 8 月。

30. 閻琦〈論韓詩奇崛的藝術風格〉《唐代文學論叢》，第四輯，第 76～99
頁，陝西人民出版社，1983 年 10 月。

31. 李光富〈韓詩奇險成因議〉，四川大學學報叢刊《唐宋文學論叢》二十
一輯，第 108～110 頁，1983 年 11 月。

32. 陳允吉〈論唐代寺廟壁畫對韓愈詩歌的影響〉，復旦大學《復旦學報》，
1983 年第一期。

33. 陳允吉〈韓愈的詩與佛經偈頌〉《中國古典文學叢考》，第 184～195 頁。
復旦大學出版社、新華書店上海發行所，1985 年 7 月。黃挺〈韓愈詩歌
風格的形成探析〉《廣東社會科學》，1989 年第三期，第 105～111 頁。

34. 孟二冬〈韓孟詩派的創新意識及其與中唐文化趨向的關係〉《中國社會
科學》，1989 年第六期，第 155～170 頁。

35. 馬重奇、李慧〈韓愈古詩用韻考——兼與白居易古詩用韻比較〉《陝西
師大學報》，1990 年第一期，第 71～78 頁。

36. 埋田重夫〈白居易と韓愈の聯句詩について〉《中國詩文論叢》第二集，
第 30～47 頁。

37. 佐佐木邦彥〈韓詩の創新性——「琴操」にみえる創新性〉，國學院大
學《漢文學會會報》，十八輯，1962 年 6 月。

38. 饒宗頤〈韓愈南山詩與曇無讖譯馬鳴佛所行讚〉，京都大學，吉川幸次
郎、小川環樹編集《中國文學報》，十九冊，第 98～101 頁，1963 三年
10 月。

39. 前川幸雄〈韓愈作品の脚韻の研究〉，國學院大學《漢文學會會報》，二三輯，第 50～54 頁，1977 年 10 月。

40. 久保英彦〈韓愈秋懷詩十一首考〉，國學院大學《漢文學會會報》，二八輯，第 81～91 頁，1982 年 11 月。

41. 坂野學〈「苦吟」について〉《東洋學》五十四期，第 1～17 頁，1985年田口暢穂〈韓愈の「答柳柳州食蝦蟆」詩をめぐて〉《鶴見大學紀要》，二十四期，第 221 頁，1987 年 3 月。

42. 下定雅弘〈韓愈の詩作〉，日本中國學會《日本中國學會報》，第四十期，第 77～94 頁，1988 年

43. 田口暢穂〈韓愈の「遊城南十六首——晚雨」詩をめぐて〉，早稻田大學 中國古典研究會《中國古典研究》，三十四期，第 32～45 頁，1989年 12 月。

44. 川合康三〈韓愈の詩の中の二三の人間相をめぐて〉東北大學文學部《集刊東洋學》六十三期，第 39～54 頁，1990 年 5 月。

45. 川合康三〈韓愈と白居易——對立と融合〉，京都大學文學部中國語學文學研究室《中國文學報》第四十一期，第 66～100 頁，1990 年 4 月。

46. 蘆立一郎〈韓愈の近體詩〉《山形大學紀要（人文學科）》，十二卷二期，第 151～167 頁，1991 年 1 月。

47. 久田麻實子〈韓愈の雙關について〉《中國學志》，師號，第 25～48 頁，1992 年。

參考書目

一、專　書

（一）工具書與索引資料類

1. 周康燮編《韓柳文學研究叢編》，香港龍門書店，民國 58 年。

2. 朱傳譽編《韓愈傳記資料》，天一出版社，民國 71 年 5 月。

3. 吳文治編《韓愈資料彙編》上下冊，臺灣：學海出版社，民國 73 年 4 月。

4. 花房英樹編《韓愈歌詩索引》，日本京都府立大學人文學會，1964 年 3 月。

5. 羅聯添主編・王國良補遺《唐代文學論著集目》，臺灣：學生書局，民國 73 年 11 月。

6. 萬曼《唐集敍錄》，臺灣：明文書局，民國 71 年 2 月。

7. 臺靜農編《百種詩話類編》上中下冊，臺灣：藝文印書館，民國 63 年 5 月。

8. 郭紹虞編《宋詩話輯佚》，臺灣：華正書局，民國 70 年 12 月。

9. 郭紹虞編《清詩話續編》上中下冊，臺灣：木鐸出版社，民國 72 年 12 月。

10. 宋・惠洪《冷齋夜話》、宋・朱弁《風月。堂詩話》、宋・吳沆《環溪詩話》（合刊本）北京：中華書局，民國 77 年 7 月。

11. 王大鵬等六人編選《中國歷代詩話選》上下冊，湖南：岳麓書社，1985 年 8 月。

12. 吳汝煜、胡可先著《全唐詩人名考》，江蘇教育出版社，1990 年 8 月。

13. 《中國大百科全書·中國文學卷》二冊

14. 台大中文系主編《中國文學批評資料匯編》，成文出版社出版，民國 68 年 1 月。

15. 郭紹虞編選《中國歷代文學論著精選》，全四冊選，華正書局、木鐸出版社，民國 69 年。

16. 徐壽凱著《中國古代藝文思想漫話》，木鐸出版社。

17. 《文學理論資料匯編》上中下三冊，丹青圖書有限公司，民國 74 年 10 月。

18. 譚令仰編《古代文論萃編》上下冊，書目文獻出版社、新華書店北京發行所，1986 年。

19. 賈文昭主編《中國古代文論類編》上下冊，福建：海峽文藝出版社，1990 年 12 月。

20. 趙則誠·張連弟·畢萬忱主編《中國古代文學理論辭典》，吉林文史出版社，1985 年 7 月。

21. 彭會資主編《中國文論大辭典》，廣西：百花文藝出版社，1990 年 7 月。

（二）歷史類

1. 錢穆《國史大綱》上下冊，臺灣：商務印書館，民國 57 年 6 月。

2. 柳詒徵《中國文化史》上中下冊，臺灣：正中書局，民國 63 年 2 月。

3. 羅香林《中國文化史研究》，臺灣：商務印書館，民國 59 年 6 月。

4. 章群《唐史》上中下冊，香港：龍門書店，1978 年校訂新版。

5. 傅樂成《隋唐五代史》，臺灣：中國文化大學版部，民國 69 年 7 月，修訂版。

6. 劉伯驥《唐代政教史》，臺灣：中華書局，民國 63 年 10 月。

7. 任育才《唐史研究論集》，臺灣：鼎文書局，民國 64 年 10 月。

8. 羅師聯添《唐代詩文六家年譜》，臺灣：學海出版社，民國 75 年 7 月。

9. 羅師聯添《唐代文學論集》上下冊，臺灣學生書局，民國 78 年 5 月。

10. 李志慧《唐代文苑風尚》臺灣：文津出版社，民國 78 年 7 月。

11. 郭紹虞著《中國文學批評史》著，藍燈出版社。

12. 羅根澤著《中國文學批評史》著，學海出版社。

13. 劉大杰等著《中國文學批評史》著，文匯堂印行。

14. 曾一民《唐代廣州之內陸交通》，臺灣：國彰出版社印行，民國 74 年 4 月出版。

15. 曾一民《隋唐南海神廟之探索》，臺灣：東魯書社印行，民國 80 年元月出版。

（三）文學類

1. 宋・魏慶之《詩人玉屑》，臺灣：商務印書館，民國 72 年 9 月。

2. 宋・計有功《唐詩紀事》，王仲鏞《唐詩紀事校箋》上下冊，四川：巴蜀書社，1989 年 8 月。

3. 元・辛文房《唐才子傳》，周本淳《唐才子傳校正》，臺灣：文津出版社，民國 77 年 3 月。

4. 宋・王楙《野客叢書》，臺灣：新文豐出版公司，民國 73 年 6 月初版。

5. 宋・趙彥衛《雲麓漫鈔外二種》，臺灣：新文豐出版公司，民國 73 年 6 月初版。（含宋・陳善《捫蝨新話》及宋・沈作喆《寓簡》）。

6. 宋・嚴羽《滄浪詩話》，郭紹虞《滄浪詩話校箋》臺灣：河洛圖書出版社，民國 68 年 12 月。

7. 清・沈德潛《說詩晬語》，蘇文擢《說詩晬語詮評》，臺灣：文史哲出版社，民國 74 年 10 月。

8. 清・方東樹《昭昧詹言》，臺灣：廣文書局，民國 51 年 8 月。

9. 清・趙翼《甌北詩話》，臺灣：廣文書局，民國 60 年 9 月初版。

10. 清・劉熙載《藝概》，臺灣：華正書局，民國 74 年 6 月。

11. 清・陳沆《詩比興箋》，臺灣：藝文印書館，民國 59 年 9 月。

12. 朱任生編《詩論分類纂要》，臺灣：商務印書館，民國 60 年 8 月。

13. 夏敬觀《唐詩說》，臺灣：河洛圖書出版社，民國 64 年 12 月。

14. 錢鍾書《談藝錄》（補訂本）中華書局，香港分局，1985 年 5 月。

15. 華忱之《唐孟郊年譜》國立北京大學圖書館印，民國 29 年 7 月。

16. 尤信雄《孟郊研究》，文津出版社，民國 73 年 3 月。

17. 范況《中國詩學通論》，臺灣：商務印書館，民國 63 年 12 月。

18. 王力《中國詩律研究》

19. 黃國彬《中國三大詩人新論》，臺灣：源流出版社，民國 71 年 3 月。

20. 葉嘉瑩《中國古典詩歌評論集》，臺灣：源流出版社，民國 72 年 10 月。

21. 方瑜《沾衣花雨》，臺灣：遠景出版社，民國 71 年 3 月。

22. 邱燮友《品詩吟詩》，東大圖書公司，民國 78 年 6 月。

23. 呂正惠編《唐詩論文選集》，臺灣：長安出版社，民國 74 年 4 月。

24. 呂正惠《杜甫與六朝詩人》，臺灣：大安出版社，民國 78 年 5 月。

25. 何寄澎《唐宋古文新探》,臺灣:大安出版社,1990 年 5 月。
26. 杜松柏《詩與詩學》,洙泗出版社,民國 79 年 12 月。
27. 呂武志《唐末五代散文研究》,臺灣學生書局,民國 78 年 2 月。
28. 袁行霈《中國詩歌藝術研究》,五南圖書出版公司,民國 78 年 5 月。
29. 張少康《古典文藝美學論稿》,淑馨出版社,民國 78 年 11 月。

二、論 文

1. 孫克寬〈唐代道教與政治〉《大陸雜誌》五十一卷二期,一至三十七頁,民國 64 年 8 月。
2. 任育才〈唐代銓選制度述論〉,在氏所著《唐史研究論集》,臺灣:鼎文書局,民國 64 年 10 月。
3. 任育才〈唐安史亂後之經濟轉變〉,在氏所著《唐史研究論集》,臺灣:鼎文書局,民國 64 年 10 月。
4. 任育才〈科舉甄才秭唐代的秀才舉人與進士〉,《食貨月。刊復刊》第七卷第四期,第 151～160 頁,民國 66 年 7 月 1 日。
5. 許自強〈論詭怪秭古典詩歌風格辨析〉《北京師範學院學報》社科版,1989 年第一期,第 33 頁～37 頁。
6. 費君清〈略論蘇軾藝術精神中的『反常合道』〉《杭州大學學報》,第十九卷第三期,第 58～62 頁,1989 年 9 月。
7. 耿志堅〈唐代貞元前後詩人用韻考〉,《復興崗學報》四十二期,第 293～338 頁,民國 78 年 12 月。
8. 耿志堅〈唐代元和前後詩人用韻考〉,國立彰化師範大學《彰化師大學報》一期,第 117～166 頁,民國 79 年 6 月。